Heike Wendler

Weihnachtskatz & Christbaumkerzen

Katzengeschichten

Heike Wendler

Weihnachtskatz & Christbaumkerzen

KATZENGESCHICHTEN

benno

Bibliografische Information der Deutschen Nationalbibliothek
Die Deutsche Nationalbibliothek verzeichnet diese Publikation in der Deutschen Nationalbibliografie; detaillierte bibliografische Daten sind im Internet über http://dnb.d-nb.de abrufbar.

Besuchen Sie uns im Internet unter:
www.st-benno.de

Gern informieren wir Sie unverbindlich und aktuell auch in unserem Newsletter zum Verlagsprogramm, zu Neuerscheinungen und Aktionen. Einfach anmelden unter www.st-benno.de.

ISBN 978-3-7462-3865-4

Umschlaggestaltung: Ulrike Vetter, Leipzig
Coverbild: © Benjamin Simeneta/shutterstock (Katze), © kaarsten/shutterstock (Strohstern), © TAlex/Fotolia (Fond)
Gesamtherstellung: Kontext, Lemsel (A)

Inhalt

Hurra – wir haben ein Baby!

Draußen war es stockfinster, als ich durch ein heftiges Scheppern unsanft aus meinen Träumen gerissen wurde.
„Mist!“, hörte ich Alexander fluchen und Richtung Küche stolpern. Unwillkürlich wartete ich auf Janinas Schritte, doch sie kamen nicht. Auch nicht, als Alexander längst weiter herumlärmte. Nun war ich wirklich beunruhigt! Ich erhob mich aus meinem Katzenkörbchen und lief ihm entgegen. Doch er war tatsächlich ganz allein zurückgekommen!
Kurz nach dem Mittag hatte er Janina weggebracht. Sie hatte gestöhnt und sich vor Schmerzen gekrümmt und ich hatte wirklich große Angst. Janina war doch mein Frauchen, das einzige, das ich in meinem sechsjährigen Katzenleben kennengelernt hatte. Ich liebe sie abgöttisch. Sie ist der allerwichtigste Mensch in meinem Leben. Neben Alexander natürlich, ihrem Mann. Als Babykätzchen hatte sie mich mit der Flasche großgezogen, als ich kurz davor war zu verhungern, weil meine Katzenmama mich nicht versorgen konnte. Ich verdanke ihr mein Leben und mein kleines Katzenherz schlägt seitdem nur für sie. Und für Alexander, der eben zu ihr gehört.
Wir leben in einer schönen, hellen Dreizimmerwohnung mit hohen Decken und hübschen Verzierungen daran. Janina und Alexander waren ein fröhliches Paar, die oft Besuch bekamen, und der brachte meist für mich auch etwas mit. Mal ein Dose Festtagsmenü, mal ein paar kleine Naschereien und manchmal sogar ein Spielzeug.

„Molly ist doch euer Baby!“, sagten sie dann oft, streichelten mich und machten Faxen, damit ich zu ihnen auf den Schoß sprang und sie besser mit mir kuscheln konnten. Ein Blick in Janinas Gesicht reichte mir aus, um zu wissen, ob sie es gern hätte oder nicht und ich erfüllte ihr diesen Wunsch immer! Und nun hatte Alexander meine Janina einfach nicht wieder mit nach Hause gebracht! Eine Katastrophe musste geschehen sein, eine Art Weltuntergang mindestens, auf jeden Fall aber etwas, dass meine Welt aus den Angeln hob, das spürte ich bis in meine schwarze Schwanzspitze.

Vorsichtig lugte ich durch den Türspalt. Alexander hockte vor dem geöffneten Kühlschrank und starrte hinein, so als seien seine Gedanken ganz woanders. Ich rang mit mir. Eigentlich war der offene Kühlschrank für mich verbotene Zone, und die Kälte, die daraus hervordrang, mochte ich auch nicht besonders. Doch er registrierte mich kaum, blieb stattdessen weiter vor dem eisigen Kasten hocken. Also überwand ich mich und näherte mich sachte.

Doch selbst als ich direkt neben ihm stand, nahm er von mir keine Notiz. Ich stupste ihn an und er schrak so furchtbar zusammen, als wäre er versehentlich vor eine Wand gelaufen.

„Molly!“, entfuhr es ihm. „Du bist das!“

Wen hatte er denn erwartet? Oh je, der Mann war wirklich durcheinander! Ich stupste ihn noch einmal an, dieses Mal ein bisschen heftiger und endlich machte er die Kühlschranktür wieder zu. Dann schnappte er mich so schwungvoll, dass selbst meine besten Fluchtreflexe es nicht verhindern konnten. Sein Gesicht strahlte plötzlich von einem Ohr zum anderen. Nein, wusste ich in dem Moment, es war nichts Schlimmes passiert – puh, was für eine Erleichterung!

„Molly, meine Süße, Lukas ist da!“, jubelte er. Er wiederholte diesen einen Satz wieder und wieder und tanzte dabei mit mir auf dem Arm durch die halbe Wohnung, dass mir ganz flau im Magen wurde.

„Wir haben es geschafft, Molly! Wir haben ein Baby! Janina war so tapfer. Oh, ich habe die großartigste Frau auf der ganzen Welt! Du glaubst gar nicht, was für eine blutige Angelegenheit so eine Geburt ist. Aber nun ist es geschafft! Nun haben wir unseren Lukas! Ist das nicht großartig?“

Er strahlte mich an, ganz so, als erwartete er darauf wirklich eine Antwort, die er verstehen würde! Dabei hatte ich es bislang noch nicht geschafft, meinen beiden geliebten Menschen die Sprache der Katzen beizubringen, obwohl Janina immer gern behauptete, mir an meiner Nasenspitze anzusehen, was ich dachte. Wie oft sie dabei danebenlag, ahnte sie natürlich nicht. Und ich war klug genug, sie das nicht merken zu lassen. Und jetzt, entschied ich, war definitiv der falsche Zeitpunkt dafür, also legte ich auch dieses Mal mein Köpfchen leicht schräg, was, wie ich gelernt hatte, die meisten Menschen bei uns Katzen als besonders niedlich empfinden, und mauzte dann ganz leicht. Und richtig, Alexander deutete das sofort als Zustimmung.

„Ich wusste, dass du dich mit uns freust! Sieh mal, so ein Baby ist großartig!“, schwärmte er. „Am Anfang kann es noch nicht sehr viel, aber das wird sich bald ändern! Wenn er größer ist, kannst du mit ihm spielen, nicht wahr?“

Na ja, spielen tue ich zwar lieber allein, doch egal. Ich widersprach jedenfalls nicht. Schon gar nicht, als mir Alexander zur Feier des Tages nicht nur gleich zwei Dosen meines Lieblingsfutters in meinen Napf füllte, sondern sogar noch ein Schälchen mit Sahne danebenstellte.

„Hier, du musst fleißig futtern, Molly!“, sagte er. „Janina hat mich extra nach Hause geschickt, um dich zu füttern!“

Meine Janina, sie war eben doch der größte Schatz auf Erden! Genüsslich labte ich mich an den Leckereien und bekam deshalb nur am Rande mit, dass Alexander trotz der späten Stunde die ganze Verwandtschaft durchtelefonierte. Doch egal, ich war satt, Janina ging es gut, und ich war auch nicht mehr allein. Ich zog mich in mein Katzenkörbchen zurück. Was es mit diesem Lukas auf sich hatte, würde ich wohl noch früh genug erfahren. Und auch, warum Alexander so einen Wind deshalb machte. Doch dann, kurz bevor ich wegdämmerte, ging mir auf, dass Lukas vermutlich das Baby war, auf das sich Janina seit Monaten freute. Auch wenn mir nicht so ganz klar war, wozu sie es unbedingt haben wollte. Schließlich hatte sie doch mich! Und wir waren doch ganz glücklich miteinander. Was musste man daran unbedingt ändern? Eine Antwort darauf fand ich in dieser Nacht nicht mehr, dazu war ich viel zu müde. Und vollgefressen.

Es dauerte ganze drei Tage, dann war mir klar, dass mein Leben von nun an ein anderes sein würde. Denn Klein-Lukas war genau jenes Baby, ganz so, wie ich es mir schon gedacht hatte, und Janina brachte ihn mit nach Hause! Alle behandelten ihn wie ein rohes Ei, und er war keineswegs ein Spielkamerad, wie Alexander gesagt hatte. Im Gegenteil, der Zwerg lag eigentlich nur in seinem Bettchen, schrie und wollte herumgetragen werden. Dazu diese Hektik, die plötzlich mein kleines Katzenleben beherrschte. Ich war Ruhe und Stille gewohnt, Janina und Alexander hatten ihre Arbeit, gingen in der Regel frühmorgens aus dem Haus und dann hatte ich die Wohnung praktisch für mich. Dass Janina mir nun schon seit ein paar Wochen Gesellschaft leistete, hatte mir noch ganz gut gefallen. So kam sie viel häufiger dazu, mich zu bürsten und zu kraulen und mit mir zusammen Mittagsschlaf zu halten. So hätte es von mir aus endlos weitergehen können. Doch mit dieser Ruhe war es nun vorbei, denn nun wuselte auch Alexander noch den ganzen Tag in der Wohnung herum. Nicht zu vergessen die unzähligen Besucher, die sich praktisch die Klinke in die Hand gaben und die gar nicht mehr gehen wollten: Janinas Eltern, ihre Schwester samt den drei Kindern, Alexanders beide Cousinen, die in der Nähe wohnten, seine Eltern selbstverständlich und Freunde ohne Ende. Eigentlich war immer jemand da. Und wenn mal ausnahmsweise nicht, war es schon wieder Nacht und Klein-Lukas schrie. Offenbar mochte er es nicht, wenn es dunkel war, anders als normale Menschen, die sich dann zur Ruhe legten. Doch wenn endlich hätte Ruhe einkehren können, drehte der Zwerg auf. Nur, dass es außer mir offenbar niemand seltsam fand.

„Es geht hier zu wie im Taubenschlag!", stellte Janina lachend fest, als der Besucherstrom auch nach einer Woche nicht abriss. Nachdem die Familie durch war, kamen nun Freunde, Bekannte und Arbeitskollegen! Alexander war zum Küchendienst eingeteilt, kochte ohne Unterlass Kaffee und Tee. Den Kuchen brachten meist die Besucher mit. Ebenso Blumen und Geschenke – für Janina und den Schreihals! Kein einziger dachte an meine Leckerchen, ganz so, als hätten sie vergessen, dass es mich auch noch gab oder was ich gern mochte! Ich war höchst beleidigt, doch das half nicht viel, denn davon nahm schlichtweg niemand Notiz. Nicht einmal Janina, die aber, und das muss ich ihr zugutehalten, auch gar keine Zeit mehr für irgendwas hatte. Doch ihre Freundinnen, Carla, Sabrina und Toni, kannten mich mein Leben lang und wurden früher nicht müde, mich zu verwöhnen, zu streicheln und zu kämmen. Doch nun – Fehlanzeige! Carla kam – und stürzte sich aufs Baby! Sabrina kam – und stürzte sich aufs Baby! Und als Toni kam, und ich um ihre Füße strich, nahm sie mich nicht mal wahr, stattdessen – stürzte sie sich aufs Baby! Wäre ich nicht reflexartig unter die Blumenbank gesprungen, wäre sie doch glatt auf mich draufgetreten! Ich kam mir irgendwie im Weg vor, also verzog ich mich in mein Katzenkörbchen und schmollte weiter vor mich hin, von allen unbemerkt, was die Sache nicht besser machte.

So vergingen die ersten Wochen wie im Flug. Es hieß nur: Lukas hier, Lukas da. Und was machte der Zwerg? Weiterhin nichts! Manchmal mitten in der Nacht, wenn Janina nach dem letzten Stillen todmüde ins Bett gefallen war, schlich ich mich auf leisen Pfoten ins Kinderzimmer und betrachtete den Zwerg. Er wuchs kein bisschen, stellte ich entsetzt fest. Oder zumindest so langsam wie in Zeitlupe, sodass es vermutlich noch Jahre dauern konnte, bis das mit dem Spielen etwas wurde. Ob ich das überhaupt noch erleben würde? Ich hatte da so meine Zweifel. Also schlich ich mich zurück in mein Körbchen. Immerhin, so tröstete ich mich, vergaßen sie nie mein Futter. Zu Fressen hatte ich reichlich. Mehr als reichlich, denn in ihrer emotionalen Verwirrtheit, aber vielleicht lag es auch an ihrer Übermüdung, füllten sie meinen Fressnapf schneller auf, als ich ihn leeren konnte. Und Janina merkte das noch nicht einmal!

Dass die Vorweihnachtszeit begann, stellte ich in diesem Jahr nur deshalb fest, weil ich von meinem Beobachtungsplatz auf der Fensterbank die vielen geschmückten Fenster der anderen Häuser betrachtete. Janina verzichtete offenbar auf jede Art von Dekoration, hatte nicht einmal einen Tannenstrauß auf-

gestellt. Von der Krippe, die jedes Jahr auf dem kleinen Tischchen neben dem Fernseher thronte, ganz zu schweigen. Auch wenn ich nicht wirklich darüber böse war, dass die Moralpredigt, die regelmäßig damit endete, dass ich bitteschön keine der Figuren als Spielzeug missbrauchen sollte, dieses Jahr ausfiel, so fehlte sie mir doch. Auch die ganzen schönen Lieder, die immer aus den Kästen oben an der Decke kamen und die Janina gedankenversunken mitträllerte. Kein Singsang dieses Jahr, kein Duft von Weihnachtsplätzchen, dafür Zwergengeschrei Tag und Nacht. Denn es wurde nicht besser, sondern schlimmer mit dem Lärm. Vor allem, als Janina Lukas ein kleines Fläschchen ins Mäulchen steckte. Offenbar war Lukas nicht klar, was er damit machen sollte. Und bei dem Lärmpegel, den er erreichte, sah ich zu, dass ich mich möglichst in die entfernteste Ecke unserer Wohnung verkroch. Wir Katzen sind lärmempfindlich! Wie Janina das aushielt und trotzdem ihr Lächeln nicht verlor, war mir echt ein Rätsel.
„Heiligabend kommen sie alle schon zum Mittag!", hörte ich Alexander sagen. „Dann haben wir den Abend ganz für uns. Und für unseren Schatz!"
Liebevoll sah er Lukas an und ich spürte zum ersten Mal echte Eifersucht. Sie hatten ihn lieb. Sehr lieb sogar. Vermutlich sogar viel lieber als mich. Das tat weh. Deshalb hörte ich auch Janinas Antwort gar nicht.
„Weißt du, einen Baum besorge ich noch, versprochen!", nahm ich erst wieder Alexander wahr und wurde hellhörig. Ein Weihnachtsbaum! Wenigstens ein Lichtblick. Ich liebe Weihnachtsbäume, auch wenn ich nicht drauf herumklettern darf.
„Ein Weihnachtsbaum ist kein Katzenbaum, Molly!", hatte mir Janina einmal ernsthaft erklärt, als ich versucht hatte, hinaufzuklettern. Damals war ich aber noch ganz klein und

unerfahren gewesen und natürlich hatte ich mich Janinas Wünschen gefügt. Seitdem begnügte ich mich damit, mich an dem herrlichen Baum zu erfreuen. An den glänzenden Kugeln zum Beispiel, die Janina immer daran aufhing. Das Licht der Kerzen, die sie ebenfalls am Baum befestigte, brach sich darin, und der Glanz, den der Baum verbreitete, war wirklich unglaublich. Gern verteilte Janina dann noch üppig Lametta über die Zweige, darauf war ich ganz besonders scharf. Denn manchmal fiel so ein Silberfaden herunter und dann gehörte er mir! Ja, es war bald Weihnachten, und dann würde alles besser werden! Zumindest redete ich mir das ein.

Leider ließ sich Alexander viel Zeit mit dem Baum. Und als er ihn endlich anschleppte, sperrte er mich aus beim Schmücken! „Nein, Molly, lass das mal, ich mach das schnell alleine. Du bringst immer die ganzen Kugeln durcheinander und verschleppst das Lametta in die ganze Wohnung. Wir haben keine Zeit für lange Aufräumaktionen. Komm, geh in die Küche, futtere noch was!"
Damit schob er mich konsequent hinaus aus dem Wohnzimmer. Und ich blieb mauzend vor der verschlossenen Tür stehen. So etwas hatte es noch nie gegeben! Beleidigt tigerte ich zu Janina und strich ihr um die Beine. Sie stand an der kleinen Kommode und hantierte an dem zappelnden Zwerg herum.
„Nicht, Molly, ich wickle Lukas gerade. Komm, geh zu Alexander, ja?"
Sie schob mich vorsichtig mit dem Fuß beiseite. War ich denn plötzlich überall im Weg? Schmollend und ratlos inspizierte ich den Rest der Wohnung, der für mich noch nicht zur verbotenen Zone erklärt worden war. Mein Körbchen stand im Wohnzimmer, neben der Balkontür. Unerreichbar für mich.

Auch die Tür zu Janinas und Alexanders Schlafzimmer war verschlossen. So wie immer, denn das war der einzige Raum der Wohnung, den ich nie betreten durfte. „Katzenhaare im Bett sind eklig!“, hatte mir Janina von Anfang an klargemacht und mich konsequent aus diesem Zimmer ferngehalten. Natürlich hatte ich mich längst daran gewöhnt. Und selbstverständlich respektierte ich ihre Entscheidung. Es war ja nicht besonders schlimm, denn ich hatte ja den Rest der Wohnung als Revier für mich. Doch jetzt gab es gar kein Zimmer mehr, in dem ich gern gesehen war! Außer der Küche vielleicht, doch die war deutlich kälter als der Rest der Wohnung. Trotzig platzierte ich mich also vor der Tür zum Wohnzimmer. Nein, so leicht würde ich mich von Alexander nicht vertreiben lassen! Es dauerte eine gefühlte Ewigkeit, bis sich die Tür endlich wieder öffnete. „Hey, Molly, sei vorsichtig!“, ermahnte mich Alexander, bevor er mich hineinließ. „Der Baum wackelt ein bisschen. Also lass die Kugeln in Ruhe, verstanden?“

Er sah mich streng an und ich mauzte zustimmend. Was dachte der denn von mir? Hatte ich etwa jemals eine Kugel vom Baum geholt? Niemals! Dann sah ich ihn: unseren Weihnachtsbaum! Oh je, was war das für ein Exemplar? Klein, dicklich, mit fehlenden Ästen eigentlich an allen Seiten und erste Nadeln lagen auch schon auf dem Teppich!

„Einen besseren habe ich nicht mehr gekriegt!“, hörte ich Alexander zu Janina sagen. „Tut mir leid, ich habe so viel Lametta wie möglich draufgepackt, aber er ist trotzdem irgendwie hässlich!“

Damit sprach er mir aus der Seele! Dieser Weihnachtsbaum war mit Abstand der scheußlichste, den wir je hatten. Da trösteten mich die funkelnden Kugeln auch kaum, denn davon gab es gerade mal fünf Stück.

„Wenn ich mehr drangehangen hätte, wären die Äste abgeknickt!“, erklärte Alexander weiter. Janina sagte kein Wort, vermutlich hatte es ihr beim Anblick dieses unmöglichen Weihnachtsbaumes einfach die Sprache verschlagen. „Und ich habe mich auch auf sechs Kerzen beschränkt und die Spitze weggelassen. Nicht, dass sie noch runterfällt und zerbricht!“
Ja, nun sah ich es auch. Die hübsche Elfe, die Janina von ihrer Urgroßmutter als kleines Mädchen geschenkt bekommen hatte, fehlte ebenfalls. Ich traute mich gar nicht, mich umzudrehen. Janinas Enttäuschung konnte ich mir gut vorstellen.
„Das macht doch nichts!“, hörte ich Janina dann jedoch zu meiner großen Überraschung sagen. „Der Baum ist eigentlich ganz witzig“, lachte sie. „Der ist so hässlich, dass er schon wieder süß ist! Mach dir keine Gedanken, Schatz. Wir haben Lukas, das ist das Wichtigste. Er ist gesund und munter und entwickelt sich prächtig! Wir haben uns so lange ein Baby gewünscht und dieses Jahr ist es endlich soweit! Wir sind zu dritt an Weihnachten! Was macht es da schon, dass der Baum eine Krücke ist? Wir haben wenigstens einen!“
Sie klang so glücklich und zufrieden, dass mir wirklich nichts mehr einfiel. Ob dieses Strahlen, das sie permanent verbreitete, bei der Geburt entstanden war? Irgendwas, so überlegte ich in der folgenden Nacht, als mich nicht nur Lukas Geschrei, sondern auch die herabrieselnden Tannennadeln vom Schlafen abhielten, musste mit Janina passiert sein. Ob es jemals wieder wegging?

Dann war er da – der Heilige Abend! Der schönste Tag im Jahr, denn Janina und Alexander waren ausgeprägte Weihnachtsfans, die nicht müde wurden, jedem zu erklären, wie großartig doch dieses Fest der Liebe war. Nun ja, für mich wurde es je-

denfalls kein Fest der Liebe, eher ein Fest der Ignoranz. Denn lediglich Janinas Mutter erbarmte sich meiner und steckte mir ein Häppchen vom Festessen zu.
„Hier Molly, ein Stück Huhn, magst du?"
Was für eine Frage! Natürlich mochte ich! Doch leider machte Alexander dem schnell ein Ende.
„Molly hat ihr Festessen in der Küche!", erklärte er der versammelten Mannschaft. „Und da wir uns mengenmäßig irgendwie verschätzt haben, wäre es schön, wenn ihr euch das Fleisch einfach einteilt!"
Was war denn das für eine Ansage? Verbot er jetzt seinen Gästen mich zu füttern? Ich mauzte empört. Da dies ungehört bleib, marschierte ich erhobenen Hauptes in die Küche. Vorsichtig, denn die herabgerieselten Tannennadeln hatten sich mittlerweile im gesamten Teppich festgefressen. In der Küche dann die nächste Überraschung – mein Napf war gefüllt mit Alltagskost! Brekkies und ein bisschen Whiskas, mehr nicht. Wo war mein Festtagsmenü geblieben? Ratlos schaute ich in die gefüllten Näpfe, als ich Janina hinter mir hantieren hörte.
„Oh, Süße, tut mir leid, ich habe vergessen einzukaufen!" Sie kraulte mich viel zu kurz, dann versprach sie: „Ich mach es wieder gut, ja? Der Stress wird irgendwann weniger, dann kriege ich auch den Haushalt wieder besser geregelt!"
Sie wollte eigentlich noch weitersprechen, doch der Schreizwerg setzte zu einem neuen Konzert an und sie düste davon. Betreten starrte ich wieder auf mein Nicht-Festtagsmenü. Nein, das mochte ich jetzt nicht, beschloss ich trotzig und marschierte zurück ins Wohnzimmer. Dort hatten die Gäste allerdings das nur spärlich vorhandene Hühnerfleisch inzwischen verspeist. Für mich blieb nicht mal ein Knöchelchen zum Abnagen, was für ein Weihnachtsmahl!

Während nach dem Essen der gemütliche Teil des Nachmittages begann, schweiften meine Gedanken ab. Mein Katzenkorb war inzwischen zur Tannennadelauffangstation mutiert, also verkroch ich mich still und leise auf die Fensterbank. Keiner der Menschen nahm Notiz von mir. Nein, dachte ich trotzig, so konnte es nun wirklich nicht weitergehen! Schließlich war ich zuerst hier gewesen! Ich hatte ein Recht auf ein bisschen Aufmerksamkeit! Mit einem Satz sprang ich von meinem Posten herunter und gesellte mich zu unseren Gästen. Wäre doch gelacht, wenn ich nicht ein paar Streicheleinheiten einheimsen könnte! Doch weit gefehlt, denn just in dem Moment präsentierte Alexander stolz der versammelten Mannschaft den schlafenden Lukas.

„Ist er nicht wunderbar?“, fragte er und bestaunte das ausnahmsweise stille Bündel in seinem Arm. „Er ist das Allerschönste, was ich je gesehen habe. Von seiner Mutter natürlich abgesehen. Wenn er so friedlich vor sich hinschlummert, ist er einfach nur atemberaubend!“

Alle starrten andächtig auf Alexander, der sich nun bemüßigt fühlte, den kleinen Kerl vorsichtig herumzuzeigen.

„Was für ein Wonneproppen!“, seufzte Janinas Mama und wischte sich eine Träne aus dem Auge. So friedlich schlummernd sah man ihn selten, deshalb rückte auch ich näher. Was war denn das für ein komisches Ding in seinem Mäulchen? Doch ehe ich das genauer inspizieren konnte, wurde ich unsanft von Janinas Papa zur Seite geschoben.

„Kann nicht mal jemand die Katze wegnehmen?“, fragte er laut und drängte mich immer weiter ab. „Und überhaupt, Kinder, ihr solltet euch mal überlegen, ob ihr die Katze nicht weggebt! Jetzt, wo ihr Lukas habt. So ein Tier im Haus ist doch unhygienisch. Ihr müsst an das Baby denken!“

Mir blieb vor Schreck fast das Herz stehen! Was sollte denn das werden? Vor allem das allgemeine Gemurmel, das sich unschwer als Zustimmung deuten ließ, machte mir Angst.
„Wenn ihr wollt, kann ich Molly erst mal zu mir nehmen!“, bot Carla an. „Ich mag Katzen und ich lebe allein!“
Janina und Alexander sagten vorläufig gar nichts dazu, das war das Schlimmste.
„Molly ist doch eine ganz Liebe!“, stellte sich zu meiner Überraschung Alexanders Schwester auf meine Seite. „Sie ist hier schließlich auch zu Hause. Und sie tut Lukas doch nichts, oder?“
Nun wurde auch Alexander wach. „Nein, Molly würde Lukas nie etwas tun! Sie war bisher unser Baby. Wir haben sie wohl einfach ein bisschen zu sehr verwöhnt. Aber sie wird sich an Lukas gewöhnen, und wenn er größer wird, dann hat er gleich jemanden zum Spielen!“
Das waren ja Aussichten! Wo war eigentlich Janina? Warum sagte sie nichts? Sie hätte doch protestieren müssen! Mein Blick schweifte durch die Runde. Janina saß am anderen Ende der Kaffeetafel und starrte versunken auf die Krücke von Weihnachtsbaum. Hatte sie das eben überhaupt mitbekommen? Oder überlegte sie ernsthaft, ob sie mich Carla mitgeben sollte? Ich war hin- und hergerissen und mein Magen krampfte sich ängstlich zusammen. Ich schlich mich vorsichtig an sie heran und riss sie damit aus ihren Gedanken.
„Huch, Molly!“, schreckte sie auf. Kein Streicheln, kein Liebkosen, schon gar keine Leckerchen, registrierte ich erschrocken.
„Komm, geh in die Küche und friss etwas, ja?“, schlug sie stattdessen vor. Nun war ich völlig perplex. Warum sollte ich denn ständig fressen wollen? Ich mochte nicht mehr! Wenn

sie nicht mal ein Festtagsmenü für mich hatte, schon gleich gar nicht. Wollte mich Janina etwa auch aus dem Haus haben, wie ihr Vater vorgeschlagen hatte? Trotzig begann ich Richtung Küche zu laufen. Unaufmerksam, zugegeben. Ich trat prompt in eine der fiesen Tannennadeln und fauchte auf. Mein linkes Hinterpfötchen schmerzte gewaltig. Ich ließ mich auf der Stelle auf mein Hinterteil plumpsen und besah mir den Schaden. Der Störenfried steckte noch drin! Verzweifelt versuchte ich, das Ding zu entfernen, was mir nach einer Weile auch gelang. Als ich noch ganz benommen da saß und mich sammelte, stolperte plötzlich Alexander über mich. Mit Lukas auf dem Arm.

„Mensch, Molly, du kannst doch hier nicht einfach im Weg rumsitzen!“, brummte er unfreundlich und stieg über mich hinweg.

„Siehst du, Janina, das meinte ich!“, hörte ich ihren Papa sagen.

Da ging es plötzlich mit mir durch. Ich mauzte laut protestierend auf. Merkten die Zweibeiner eigentlich nicht, dass ich jedes Wort mitbekam? Auch wenn Menschen unsere Sprache bestenfalls interpretieren können, ich verstand alles! Jedes einzelne gemeine Wort! Ich sprang hoch und landete prompt in der nächsten Tannennadel. Durch den erneuten Schmerz aufgeschreckt geriet ich ins Taumeln und rempelte voller Wucht gegen den kleinen wackligen Hocker, auf dem die Weihnachtskrücke stand. Diese schwankte gewaltig, es rieselten noch viel mehr Tannennadeln von oben auf mich herab, und schließlich kippte der Hocker mitsamt dem Weihnachtsbaum um. Es hagelte Nadeln ohne Ende, alle schrien auf, es polterte und schepperte. Die Kugeln lösten sich, zwei, so viel bekam ich mit, zersprangen in tausend Einzelteile und hinterließen eine

Scherbenspur auf dem Teppich. Ganz zu schweigen von dem Lametta, das, weil es in dicken Haufen auf dem Baum drapiert war, nun durchs ganze Wohnzimmer flog. Das Geschrei wurde immer lauter, alle sprangen auf und ich suchte verzweifelt nach einem Ausweg. Das war es! Nun hatte ich verspielt! Jetzt gaben sie mich garantiert Carla mit. Bestenfalls! Auf jeden Fall würde ich mein Zuhause verlieren! Ängstlich, verzweifelt und immer auf der Flucht vor den ganzen Tannennadeln rettete ich mich an die Balkontür. Und siehe da, sie stand einen Spalt weit offen! Mit meiner rechten Vorderpfote stemmte ich mich dagegen und entkam auf den Balkon. Ich mobilisierte all meine Kräfte, sprang auf die Balkonbrüstung und ging hinter einem der Blumenkästen in Deckung. Geschafft! Das Chaos im Wohnzimmer war unbeschreiblich. Da jemand die Tür wieder zustieß, hörte ich jedoch kein Wort mehr. Da saß ich nun: allein und verlassen in der Kälte! Ich hätte auf der Stelle losheulen können.

„Hey, was hast du denn angestellt?“, hörte ich plötzlich jemanden hinter mir sagen. Rückartig drehte ich mich um.

„Ich bin Hugo!“, stellte sich der stattliche schwarze Kater vor, der von der nahen Kastanie auf mich herabblickte. „Los, komm rüber!“, forderte er mich auf. „Denk nicht zu lange darüber nach, du bist eine Katze, los, du schaffst das!“

Ohne lange nachzudenken, tat ich es wirklich – ich setzte zum Sprung an. Wenn ich es nicht schaffte, so meine Überlegung, würde ich mir vermutlich sämtliche Knochen brechen! Ob Janina mich dann wieder gesund pflegen würde? Doch ich kam gar nicht dazu, diesen Gedanken weiterzuverfolgen, ich schaffte es nämlich. Sogar ganz galant und während ich so durch Luft flog, spürte ich so etwas wie Befriedigung. Ja, ich konnte das wirklich!

„Gut gemacht!“, lobte mich Hugo. „Die Kastanie ist wunderbar, Sommer wie Winter. Zum Klettern unschlagbar. Nur vor den Früchten musst du dich im Herbst in Acht nehmen, die sind ganz schön stachelig. Los, lass uns runterklettern!“
Ich sagte vor Schreck gar nichts mehr, denn noch konnte ich es nicht glauben, dass ich tatsächlich hier draußen war. Auf dem Kastanienbaum vor unserem Balkon! Ich – draußen!
„Komm, wir suchen uns ein nettes Plätzchen!“, forderte mich Hugo auf. „Nach dem, was bei euch da gerade los ist, solltest du eine Weile verschwinden!“
Hugo kletterte voraus und ich hinterher. Zum allerersten Mal in meinem sechsjährigen Katzenleben hatte ich unsere Wohnung verlassen. Völlig unvorbereitet. Und nun kletterte ich einen Baum hinab, als hätte ich nie etwas anderes getan!
Unten angekommen besah ich mir Hugo genauer. Gut sah er aus, stellte ich fest. Dass er mich kaum musterte, beunruhigte mich irgendwie.
„Ich beobachte dich schon länger!“, gestand er. „Mein Mensch Daniel und ich wohnen seit drei Jahren hier in der Gegend. Du sitzt doch oft am Fenster und guckst raus, hast du mich da noch nie gesehen?“
„Nein“, stellte ich sachlich fest und schämte mich fast ein bisschen. „Du hast mich beobachtet?“, fragte ich dann.
„Klar“, gab Hugo unumwunden zu. „Ich beobachte alles, was in der Nachbarschaft passiert. Wenn Daniel arbeiten ist, stromere ich draußen rum und vertreibe mir die Zeit. Immer nur in der Wohnung bleiben, wäre mir viel zu langweilig. Wie heißt du überhaupt?“
„Molly!“, sagte ich. Dann brach es aus mir heraus: „Die wollen mich nicht mehr! Weil sie ja jetzt das Baby haben!“
Mit einem Schlag war mir bewusst geworden, dass ich die

Tür zu meinem bisherigen Leben selbst hinter mir zugeworfen hatte.
„Aber, aber, das würde ich so nicht sagen!“, beruhigte mich Hugo prompt. „Sie sind vielleicht ein bisschen verärgert, weil du den Baum umgeworfen hast, aber sie beruhigen sich wieder. Spätestens, wenn alle Gäste gegangen sind und das Durcheinander beseitigt ist, werden sie sich wünschen, dass du wiederkommst!“
„Meinst du wirklich“, fragte ich scheu und ein Anflug von Hoffnung keimte in mir auf, „dass sie mich vermissen würden?“
„Klar!“, behauptete Hugo. „Gib ihnen Zeit, dann kommt alles wieder in Ordnung!“
„Aber was soll ich denn bis dahin machen? Ich war noch nie draußen! Ich weiß gar nicht, wo ich hingehen oder wie ich mich verhalten soll!“
Hugo lachte. „Kein Problem, komm einfach mit mir mit! Ich bin auf dem Weg zum alten Klostergarten. Dort treffe ich mich mit ein paar Freunden“, schlug er vor. „Netten Freunden, Katzen, wie du und ich. Wir treffen uns gelegentlich, um uns auszutauschen. Los komm mit, sie haben immer tolle Geschichten zu erzählen, dann kommst du auf andere Gedanken!“, forderte er mich auf.
Ich zögerte einen Moment. Klostergarten? Was war das denn? Als ob Hugo meine Gedanken geahnt hätte, erklärte er mir weiter: „Es ist nicht weit weg, glaub mir. Der alte Klostergarten ist ein Ort, an den sich im Winter nur selten die Menschen verirren. Ein paar nette Leute stellen dort Futter für frei lebende Katzen auf, weil sie sich Sorgen machen, dass die sonst bei der Kälte verhungern. Es gibt auch Vogelhäuser für die Spatzen. Und es ist unser Treffpunkt. Wir sind keine feste Runde, nur ein paar andere Katzen eben, wie Paula zum Beispiel, die

kommt heute bestimmt, und Ernesto. Du wirst sehen, es ist nett da. Wir plaudern ein bisschen, tauschen uns aus und so was. Weißt du, es gibt eine Menge Katzen in der Stadt, und jede von uns lebt anders. Es ist richtig spannend zu hören, was die anderen so an Weihnachten getrieben haben und wie es ihnen geht. Manchmal kommt auch Tamy vorbei, sie lebt wie du bei Menschen."

„Gehst du oft dorthin?", wollte ich wissen.

Hugo überlegte einen Moment. „Nicht regelmäßig", gab er zu. „Zuletzt habe ich die ganze Schar vorgestern gesehen, eher zufällig. Davor war ich allerdings eine ganze Weile nicht dort gewesen, es muss Wochen her sein. Es war noch nicht so kalt und Blätter fielen gerade von den Bäumen. Es gibt nichts Schöneres, als den herabfallenden bunten Blättern hinterherzujagen und mit ihnen zu spielen, kennst du das?"

„Nein", gab ich zu. „Ich gehe doch nie raus, schon vergessen?"

„Das solltest du aber!", sagte Hugo. „Los komm jetzt, sonst verpassen wir die anderen noch!"

Gesagt, getan. Vorsichtig tapste ich hinter meinem neuen Freund her. Es waren kaum Passanten unterwegs, und die, die wir trafen, eilten mit Paketen beladen ihrem Ziel entgegen, ohne Notiz von uns zunehmen. Ich wurde mit jedem Schritt sicherer. Wir schlängelten uns durch ein paar Vorgärten und erreichten wenig später das, was Hugo den Klostergarten genannt hatte.

„Siehst du, die alten Gemäuer dort? Das ist ein Kloster aus dem Mittelalter. Dort leben immer noch richtige Mönche. Nicht mehr viele, sieben glaube ich sind es noch, aber früher waren es viel mehr. Sie kümmern sich um die armen Leute hier in der Gegend und so was."

Ich war beeindruckt. Hugo bog an einem alten Brunnen nach rechts ab, ich folgte ihm und kurz darauf landeten wir auf einer kleinen Lichtung inmitten großer Bäume. Dort sah ich bereits drei andere Katzen auf uns warten.

„Ich habe noch jemanden mitgebracht!“, rief Hugo ihnen zu. „Sie heißt Molly und ist heute zum ersten Mal überhaupt vor die Tür gegangen!“

Die anderen drei beäugten mich zunächst ein bisschen skeptisch, begrüßten mich dann aber mit einem freundlichen Nasenstupser.

„Hugos Freunde sind auch meine Freunde!“, erklärte mir eine rundliche braungetigerte Katze, die mir Hugo sofort als Tamy vorstellte, während ein kleiner weißgescheckter Kater fragte: „Und? Wie ist es gelaufen, Hugo?“

Nun blickten alle Hugo neugierig an.

„Wie ist was gelaufen?“, fragte ich irritiert.

Hugo schaute aufgesetzt-gelangweilt nach oben. „Na, was glaubst du wohl, Ernesto, wie es gelaufen ist? Wollt ihr die Geschichte hören?“

Alle miezten durcheinander und bestürmten ihn, endlich mit der Sprache rauszurücken. Das klang ja richtig spannend!

„Na gut – wenn ihr darauf besteht!“, sagte er und ich sah ihm an, wie er selbst darauf brannte, seine Geschichte zu erzählen. „Dann passt mal gut auf!“

Bloß keine einsamen Feiertage!

Hugo erzählt

Als mich Daniel vor drei Jahren aus dem Tierheim holte, dachte ich, er sei auch bloß so ein Dosenöffner, der sich als Gutmensch beweisen wollte. Doch weit gefehlt!
„Sind Sie sicher, dass Sie bei Ihren Arbeitszeiten auch die Versorgung eines Haustieres sicherstellen können?", fragte ihn die Tierheimleiterin streng. Sie tat fast so, als hätten wir bei ihr den Himmel auf Erden! Doch Daniel ließ sich von der Fragerei und ihrem Blick nicht abschrecken, im Gegenteil, er zwinkerte mir zu. Da wusste ich, dass wir auf einer Wellenlänge lagen. Das war doch schon mal ein guter Anfang, nicht wahr?
„Ich sorge dafür, dass es meinem kleinen Freund an nichts fehlt!", versprach er der Dame ganz brav. „Außerdem habe ich gehört, dass Katzen sich auch allein ganz wohl fühlen, anders als Hunde. Und sagten Sie nicht selbst, dass Hugo eher als Einzelkatze gehalten werden sollte?"
Der war vielleicht clever! Ich besah ihn mir genauer und stellte fest, dass wir uns gar nicht so unähnlich waren: Wir waren beide im allerbesten Alter, vital und voller Tatendrang! Deshalb beschloss ich, mich von ihm adoptieren zu lassen. Hätte er mir nicht sofort gefallen, ich wäre schneller ausgebüxt, als die ihre Türen hätten schließen können. Darin hatte ich nämlich Routine. Doch Daniel hatte mich neugierig gemacht, noch dazu er über große, sanfte Hände verfügte, mit denen

er mich zärtlich hinterm Ohr kraulte. Dann hob er mich auf einmal hoch und steckte mich in die mitgebrachte Transportbox. Eine höchst unangenehme Erfahrung, aber leider unvermeidlich. Wir fuhren eine Weile durch die Stadt, bis wir in unserem schönen Viertel ankamen. Hohe Bäume, hübsche Gründerzeithäuser und nicht viele Autos auf der Straße, alles sah schon auf den ersten Blick sehr gepflegt aus. Ja, hier konnte ich prima herumstromern, stellte ich fest und leckte mir voller Vorfreude die Pfötchen. Dann zeigte Daniel mir unser Zuhause.

„So, mein Freund, hier wohnen wir!“, verkündete er und ließ mich auch sofort raus aus diesem engen Käfig. Wir standen im Flur einer weitläufigen Vierzimmerwohnung. Altbau, hohe Decken und Parkettfußboden. Überall lagen dicke Teppiche herum, nur mit Möbeln sah es eher karg aus. Ein Sofa im Wohnzimmer, dazu ein paar Bücherregale und ein Esstisch mit vier Stühlen. Im Schlafzimmer der gleiche leere Anblick: ein breites Bett und zwei Kleiderschränke. Aber vielleicht war er auch gerade erst eingezogen?

Schnell stellte ich jedoch fest, dass diese sparsame Ausstattung etwas mit seinem Charakter zu tun hatte. Materielle Dinge waren ihm einfach nicht wichtig, er sorgte sich eher darum, dass es mir gut ging und allen Menschen, die ihm am Herzen lagen. Und das waren viele, wie ich schnell feststellte! Wann immer Daniel zu Hause war, klingelte das Telefon oder Freunde und Bekannte statteten ihm einen Besuch ab. Es war praktisch immer etwas los.

Unsere Wohnung liegt im dritten Stock des Mehrfamilienhauses und verfügt über eine herrlich große Terrasse. Gleich nach meinem Einzug hatte Daniel in die Terrassentür eine Katzenklappe montiert, sodass ich kommen und gehen konnte, wann

ich wollte – was für ein Luxus! Spätestens jetzt stand für mich fest, bei diesem Menschen wollte ich bleiben!
Meine früheren Erfahrungen mit Menschen waren eher enttäuschend gewesen. Geboren in einem Hinterhaus hatte mich der Hauswart mit nach Hause geschleppt, wo seine vielköpfige Kinderschar Tag und Nacht an mir herumgezerrt hatte. Als ich alt genug war, ergriff ich die Flucht und landete dann bei einer alten Dame, die eher ein Püppchen zum Spielen und Kämmen gesucht hatte. Freiheit? Fehlanzeige! Ich war praktisch immer eingesperrt. Kunststück, dass ich so schnell wie möglich auch dort sah, dass ich wegkam. Und die Zeit im Tierheim war auch nicht wirklich erfreulich gewesen, wobei ich dort noch die größten Freiheiten genossen hatte. Aber der ewige Streit ums Futter hatte doch etwas Frustrierendes. Deshalb war ich nun umso glücklicher, bei Daniel ein gutes Zuhause gefunden zu haben.

Auch wenn er eine Menge Freunde hatte, seine Familie sah Daniel wirklich nicht sehr oft. Als ich beim Spielen einmal ein Bild umstieß, das ein altes Ehepaar vor einem kleinen Häuschen zeigte, erklärte er es mir.
„Meine Familie lebt in Thüringen, fast mitten im Wald. Es ist herrlich dort, aber leider komme ich viel zu selten dazu, sie zu besuchen. Zum Glück habe ich noch drei Schwestern und einen Bruder, die sich liebevoll um die Eltern kümmern!“
Die Wehmut in seinen Blick war nicht zu übersehen. Ja, Menschen unterhielten meist engere Beziehungen zu ihrer Familie, als ich das von Katzen kannte. Ich hatte meine Mutter und Geschwister nie wieder gesehen und ich konnte nicht behaupten, dass sie mir besonders fehlen würden. Aber ich bin ja auch kein Mensch. Daniel jedenfalls fehlten seine Eltern. Und

das war auch der Grund, warum er wieder zurückgekommen war, wie ich erfuhr. Denn er war vor seinem Einzug in diese Wohnung viele Jahre im Ausland gewesen. Die unzähligen Souvenirs, die er mitgebracht hatte, packte er nach und nach aus und manche davon waren einigermaßen gruselig.
„Das ist eine afrikanische Totenmaske!“, erklärte er mir, als er ein merkwürdig und äußerst grimmig dreinblickendes Holzgesicht an der Wand aufhängte. „Es ist handgefertigt, also lass es bitte hängen, ja?“
Er sah mich dabei so ernsthaft an, dass ich beschloss, ihm seinen Wunsch zu erfüllen. Wenn ihm was daran lag – bitteschön! Ich hatte genügend andere Dinge, mit denen ich spielen konnte. Und so spannend war das Teil nun auch wieder nicht.
Seine Freunde jedenfalls liebten seine Geschichten. Wenn sie abends beisammen saßen, meist waren es vier oder fünf andere, dann erzählte er ihnen von wilden Tieren, schrecklichen Krankheiten und immer wieder auch von der Freundlichkeit der Menschen dort.
„Fehlt dir Afrika nicht furchtbar?“, wurde er dann immer wieder gefragt. Doch Daniel lachte diese Fragen immer weg. „Nein, wo denkt ihr hin!“, protestierte er. „Es war eine schöne Zeit, keine Frage, die ich um nichts in der Welt missen möchte. Die Erfahrungen, die ich dort gemacht habe, haben mich geprägt. Wisst ihr, wenn ihr ständig Menschen seht, die kaum mehr haben, als sie am Leib tragen, und dann noch in ihrer Sicherheit und Gesundheit bedroht sind, die so dankbar für medizinische Hilfe sind, dass es schon fast peinlich ist, dann sind die neuesten technischen Errungenschaften oder ein nagelneues Auto nicht mehr wichtig. Ich habe dort so viele wunderbare Menschen getroffen, die mir beigebracht haben, das

Leben als solches zu schätzen. Es war unglaublich interessant und ich konnte vielen Menschen helfen, aber ich wusste auch immer, dass ich das nicht ewig machen würde. Denn im Grunde bin ich ein Familienmensch."

Er lachte mich an und deutete mir mit einer Kopfbewegung an, dass ich zu ihm kommen sollte. Mit einem Satz war ich auf der Couch und ließ mich von ihm kraulen. Ja, so gefiel es mir am besten!

Doch es gab auch die andere Seite, die Tage, an denen ich Daniel wegen seiner Schichten praktisch nicht zu Gesicht bekam. Er ist Arzt im Elisabeth-Krankenhaus und so ein Ärztedienstplan ist hart. Manchmal musste er sogar unsere Nachbarin darum bitten, mir meine Futternäpfe aufzufüllen, damit ich nicht zu kurz kam.

„Keine Angst, mein Freund, ich sorge dafür, dass du nicht verhungerst!", versprach er mir dann immer. Also ob ich das je angenommen hätte! Futtertechnisch war er ohnehin eher von der großzügigen Sorte. Als großer, kräftiger Mann liebte er schließlich selbst ordentliche Portionen, ich kann also nicht behaupten, dass ich da je zu kurz gekommen wäre.

Aber auch wenn er nicht da war, langweilig wurde es indes für mich nicht. Denn ich konnte mich in der Wohnung ja frei bewegen, jedes Zimmer so oft ich wollte inspizieren und über die Terrasse auch hinaus und draußen herumstromern. So schloss ich schnell Freundschaften.

Dass Weihnachten für Daniel etwas ganz Besonderes war, stellte ich schon in meinem ersten Jahr bei ihm fest. Wir fuhren zusammen zu seiner Familie in den Wald. Die haben vielleicht nicht schlecht geguckt, als er mich mitbrachte!

„Also, ich dachte immer, Katzen bevorzugen es, daheimzubleiben!“, stellte seine Mutter kopfschüttelnd fest und goss mir ein Schälchen Milch ein.
„Andere Katzen vielleicht, aber nicht Hugo!“, erklärte ihr Daniel grinsend. „Er stromert gern draußen herum und ist verdammt neugierig!“
Dann sah er mich streng an. „Pass bloß auf, wenn du raus gehst! Es liegt eine Menge Schnee und im Wald leben Tiere, die Katzen vielleicht nicht mögen!“
Letzteres hielt mich nicht davon ab, den Thüringer Wald zu erkunden, der Schnee indes schon. Ich hasse es nämlich, wenn mein Bauch von unten her nass und kalt wird. Deshalb blieb ich lieber drin und ließ mich von der ganzen Familie verwöhnen. Was für ein grandioses Fest. Dieses wiederholte sich dann auch im nächsten Jahr, doch dieses Jahr durchkreuzte etwas unsere Pläne! Daniels Dienstplan nämlich. Und die Grippewelle, die auch vor den Krankenhausärzten nicht haltgemacht hatte.
„Wir können nicht wegfahren, Hugo!“, verkündete mir Daniel vor drei Tagen. Er sah richtig traurig aus. So traurig, ehrlich gesagt, wie ich ihn noch nie zuvor erlebt hatte.
„Ich muss kurzfristig am Heiligen Abend in die Nachtschicht!“, sagte er. „Und da Mama und Papa nicht mehr verreisen, Sonja mit ihrem dritten Kind hochschwanger ist und sich Peter gerade ein Bein gebrochen hat, haben alle genug damit zu tun, die Feier bei meinen Eltern vorzubereiten. Sieht also so aus, mein Freund, als ob wir dieses Weihnachten allein zu Haus verbringen! Ohne Festtagsbraten, denn meine Kochkünste kennst du ja!“
Na ja, das war nun eindeutig übertrieben, ich bevorzuge eindeutig Dosenkost. Andererseits war da aber vielleicht was

dran, denn wenn seine Freunde kamen, kochten die meist, während sich Daniel um die Getränke kümmerte. Deshalb konnte ich Daniels Kochkünste nicht wirklich beurteilen. Doch ich kannte ihn gut genug, um ihm diese Selbsteinschätzung abzunehmen.

„Tja, und Ellen fährt mit Mirko zu dessen Eltern, Cornelius und Hubert sind bei ihren Eltern und Karsten hat Spätdienst auf der Intensivstation, kein Besuch also, Hugo, nur du und ich!“

Ein Weihnachtsfest ohne Besuch, ohne Wegfahren und ohne Festessen für Daniel also, das waren wirklich keine guten Aussichten! Daniel sauste schon wieder los ins Krankenhaus. Das war vorgestern! Und weil er ohnehin niemanden erwartete, hatte Daniel nicht mal eine Kerze aufgestellt! Keine Krippe, kein Lichterkranz, kein gar nichts. Die Wohnung sah aus wie immer. Es hätte genauso gut Ostern oder Erntedank vor der Tür stehen können.

Normalerweise hätte mir ein Weihnachtsfest mit Daniel allein ja nichts ausgemacht, wäre da nicht sein immer noch todtrauriger Gesichtsausdruck gewesen! Was mir ganz gut gefiel, mit ihm allein sein, deprimierte ihn zutiefst. Er brauchte die Gesellschaft von Menschen, so viel war klar, und wenn seine Freunde eben keine Zeit hatten, taten es notfalls vielleicht auch andere. Also fasste ich einen Plan – ich musste Daniel Gesellschaft verschaffen! Und ich hatte sogar schon eine Idee! Nur wie sollte ich die meinem Daniel beibringen?

Im Nachbarhaus, so hatte ich auf meinen Streifzügen festgestellt, lebte nämlich eine junge Frau, ungefähr in seinem Alter, die sich rührend um ihre betagte Mutter kümmerte. Die alte Dame war bereits seit drei Wochen bei ihr, das wusste ich genau, denn sie steckte mir immer einen Zipfel Kalbsleberwurst zu. Sie war also auch richtig nett. Und ihre Tochter war es sicher ebenfalls. Einen Mann oder andere Leute hatte ich nie bei ihr beobachtet, und ich wusste durchaus, was in der Nachbarschaft so vor sich ging. Doch wie sollte ich Daniel dazu bewegen, bei den beiden zu klingeln? Die beiden Damen, so meine Überlegung, würden sich über seine Gesellschaft sicher freuen, schließlich war er charmant, wusste viele interessante Geschichten zu erzählen und sah gut aus. Ein Gewinn für jede Gesellschaft sozusagen. Blöd nur, dass mir so wenig Zeit blieb! Während Daniel auf dem Sofa Trübsal blies, beschloss ich zunächst, mich zu stärken. Zum Glück hatte er wenigstens genügend Dosenfutter für mich gekauft, stellte ich fest. Doch so richtig wollte mir mein Putenmenü nicht schmecken. Lustlos kaute ich darauf herum, nein, ich musste handeln, nicht futtern. Das konnte ich später, vorzugsweise in netter Gesellschaft, dann immer noch tun. Als Daniel ins Krankenhaus aufbrach, begann es draußen zu schneien, auch das noch! Widerwillig steckte ich mein Köpfchen durch meine Katzenklappe, nein, bei diesem Wetter gingen höchstens Hunde vor die Tür, um ihre dringendsten Bedürfnisse zu stillen. Zudem verwandelte sich die Terrassenbrüstung bei Schnee und kalter Nässe ganz schnell in eine eisige Rutschbahn, da hatte selbst ein so begnadeter Kletterkünstler wie ich keine Chance! Mir blieb also nichts anderes übrig, als zu warten und darauf zu hoffen, dass das Wetter besser werden würde. Oder ein paar von Daniels Kollegen wie durch ein Wunder genesen würden, damit wir doch noch wegfahren konnten!

Doch leider wurde das Wetter kein bisschen besser. Und eine Wunderheilung gab es auch nicht. Das erkannte ich an Daniels Stimmung, die immer trüber wurde. Und ich konnte einfach nichts tun! Außer ihm beim Rotwein trinken zusehen und mich dick und rund zu futtern, denn in seiner momentanen Stimmung füllte er ohne nachzudenken meine Näpfe im selben Tempo auf, wie ich sie leer futterte. Als er zur Nachtschicht aufbrach, hörte das Schneetreiben draußen endlich auf. Doch nun war es zu spät, denn mein genialer Plan, den ich mir inzwischen zurechtgelegt hatte, sah vor, dass Daniel zugegen war, wenn ich ihn ausführte. Das war zwingend nötig. Zudem war eine Durchführung mitten in der Nacht auch wenig vorteilhaft. Also wartete ich weiter, auf den richtigen Augenblick.

Ich wollte ihn mit den beiden Damen zusammenbringen, doch davon ahnte er natürlich nichts, als er heute Morgen nach Hause kam. Er war müde und sah irgendwie fertig aus. Kein Wunder, vermutlich waren viele Leute krank geworden und er hatte keine Pause machen können. Als er sich hinlegte, auf das Sofa, das direkt neben der Terrassentür stand, wartete ich gespannt. Die Sonne hatte den Schnee wegtauen lassen, beste Voraussetzungen also für einen Ausflug. Vorsichtig inspizierte ich die Lage. Ja, das müsste gehen! So auf den letzten Drücker seinen Menschen zu Weihnachten zu verabreden, ohne direkt mit ihm sprechen zu können, war eine Herausforderung, der ich mich schließlich zum ersten Mal stellte! Und dabei durfte nichts schiefgehen, denn mehr als eine Chance hatte ich nicht. Ein Blick genügte, um mich zu beruhigen. Der Balkon meiner beiden Auserwählten lag direkt ums Eck. Für mich kein Problem, dorthin zu gelangen. Wie hätte ich mir auch sonst meine Wurstzipfelchen abholen sollen? Und dass die beiden Weihnachtsfans waren, war unschwer an der Menge

ihrer auf dem Balkon drapierten Weihnachtsdekoration zu erkennen. Es gab Lichterketten, zwei kleine Tannenbäumchen, die in großen Trögen standen, und jede Menge Kugeln und Lametta. Wenn das keine eindeutigen Signale waren!
Daniel wurde erst kurz nach drei wieder wach, was mich schon sehr nervös machte. Nun kam es nur noch auf den richtigen Zeitpunkt an! Zu früh, und er war am Abend wieder allein, zu spät, und er musste schon wieder weg. Also wartete ich noch eine halbe Stunde, dann legte ich los. Ich sprang direkt auf seine Füße, um sicherzugehen, dass er auch wirklich wach war.
„Hey, Hugo, na, in Schmuselaune?“, verstand Daniel mein Verhalten jedoch leicht falsch. Ich schnurrte ein bisschen und ließ mich zum Schein ein wenig kraulen. Dann sprang ich beherzt runter und lief schnurstracks auf die Terrasse.
„Du willst noch einen kleinen Vorweihnachtsspaziergang machen, mein Freund?“, rief Daniel mir irritiert hinterher. Ich wuselte noch ein bisschen auf der Terrasse herum, um seine Aufmerksamkeit zu erlangen, was gar nicht so schwer war. Er warf sich seine Strickjacke über und folgte mir, perfekt! Als er draußen stand und mir dabei zusah, wie ich unsere Blumenkastenabdeckung durcheinanderwirbelte, ging ich zum zweiten Schritt über: Ich lockte ihn in die richtige Ecke. Als er nur noch zwei Schritte von mir entfernt stand, legte ich richtig los. Mit einem Satz war ich auf der Brüstung, mit einem zweiten sprang ich auf den Eckbalkon. Doch dann passierte es: Ich verhedderte mich in der Lichterkette, taumelte nach vorn über die Balkonbrüstung und stieß dabei gegen einen der kleinen Tannenbäume. Daniel schrie auf, im gleichen Moment schepperte es ohrenbetäubend. Der Trog ging zu Boden, mit ihm der kleine Baum und die daran angebrachten Kugeln flogen in hohem

Bogen über den ganzen Balkon. Ich war wohl ein wenig zu schwungvoll gewesen. Beherzt krallte ich mich an der gefährlich schwankenden Lichterkette fest, versuchte irgendwo Halt zu finden und krachte dabei gegen einen weiteren Strauß mit Kugeln und kleinen Weihnachtsengeln. Es schepperte wieder, Daniel schrie irgendwas, was ich aber aufgrund der ganzen Nebengeräusche nicht verstand. Dann tauchte erst die alte Dame und kurz darauf ihre Tochter auf dem Balkon auf.

„Um Himmels willen, was ist denn hier passiert?“, rief sie, während ihre Tochter krampfhaft bemüht war, mich irgendwie aufzufangen.

„Komm, Kleiner, lass die Lichterkette los, komm her, los!“, redete sie mir zu. Das ließ ich mir natürlich nicht zwei Mal sagen. Ich ließ los und landete direkt in ihren Armen. Durch die Wucht des Aufpralls, immerhin bin ich ja nun auch kein Leichtgewicht, taumelte sie ein wenig, fiel aber zum Glück nicht hin.

„Hugo, verflixt noch mal, was machst du denn da für einen Unsinn?“, hörte ich Daniel rufen. „Komm sofort wieder her!“

„Hugo heißt du also, du kleiner Frechdachs!“, sagte die nette Frau. Sie hatte hübsche rote lange Haare und fast so grüne Augen wie ich. Ihre Stimme klang weich und freundlich und kein bisschen böse! Puh, das sah doch wirklich gut aus!

„Machen Sie sich keine Sorgen um ihren Klettermax!“, rief ihre Mutter meinem Daniel zu. „Meine Theresa ist Tierärztin, sie kann ihn gleich untersuchen, nicht wahr?“

Theresa hieß sie also! Aha. Aber Tierärztin? Das hätte eigentlich nicht wirklich sein müssen. Ich bekam fast ein wenig Angst vor ihr.

„Also, wenn ich Ihnen helfen kann, bei der Beseitigung des Schadens ...“, hörte ich Daniel sagen. „Am besten ich komme gleich mal rüber!“

Mit diesem Worten verschwand er von der Terrasse, während Theresa mich in ihr Wohnzimmer trug. Hier sah es ganz anders aus als bei uns, was nicht nur an der üppigen, wohlplatzierten Weihnachtsdekoration lag. Es gab einen riesigen Tannenbaum, der in der Ecke des Wohnzimmers stand und auf dem unübersehbar als Spitze ein funkelnder Weihnachtsengel thronte. Dazu standen überall Teller mit Nüssen und Plätzchen herum, es gab eine Holzkrippe und unzählige weitere kleine Gegenstände, die auf jedem freien Fleck abgestellt waren. Auch hatten sie deutlich mehr Möbel als wir, was das Zimmer kleiner, aber auch gemütlicher wirken ließ. Noch ehe ich dazu kam, mich weiter umzusehen, merkte ich, wie Theresa meine Pfötchen befühlte und mich abtastete.

„Mir fehlt nichts!“, mauzte ich. Vielleicht verstand mich ja eine Tierärztin besser als Daniel. Sie beobachtete mich eine Weile, dann setzte sie mich auf den Boden.

„Ich glaube, du hast noch mal Glück gehabt, du kleiner Schlawiner! Sieht so aus, als wärest du unverletzt. Dass du hier immer mal herumkletterst, habe ich schon gemerkt, aber dass du solch halsbrecherische Aktionen startest? Pass bloß in Zukunft besser auf, ja?“

Sie sah mich ganz ernsthaft dabei an, ganz so, als wäre es für sie eine Selbstverständlichkeit, mit einer Katze zu sprechen, und als ginge sie davon aus, dass ich sie verstand. Natürlich verstand ich sie, doch das glaubten die meisten Menschen ohnehin nicht. Dann klingelte es Sturm an der Tür und Theresas Mutter ließ Daniel hinein.

„Es tut mir so leid, dass Hugo Ihren Balkon verwüstet hat!“, sagte er zerknirscht und überreichte den beiden den noch verpackten Christstollen, den ihm seine Eltern geschickt hatten. Zudem eine Flasche Rotwein.

„Ich werde Ihnen den Schaden natürlich ersetzen!“, bot er an und warf mir einen missbilligenden Blick zu. Ehe die Sache auf den letzten Metern noch schiefgehen konnte, begann ich, mauzend um Theresas Beine zu streichen. Ich musste seine Aufmerksamkeit irgendwie auf sie lenken. Und ja, es passte, denn er schaute erst mir eine Weile zu, dann bemerkte ich, wie sein Blick nach oben wanderte und an ihrem Gesicht hängen blieb.

„Sie sind Tierärztin?“, fragte er mit belegter Stimme. Ja, ich hatte gewonnen! Er hatte angebissen! Leise schlich ich mich an Theresas Mutter heran, die bereits dabei war, den Balkon aufzuräumen. Jetzt erst bemerkte ich, welches Chaos ich angerichtet hatte. Daran hatte ich im Vorfeld gar nicht gedacht! Schuldbewusst schlich ich um ihre Beine! Dass sie an Weihnachten nun auch noch putzen musste, war wirklich nicht meine Absicht gewesen. Doch zum Glück gesellten sich schon bald Daniel und Theresa zu uns auf den Balkon. Gemeinsam schafften sie es in kürzester Zeit, alles aufzukehren. Auch wenn die Dekoration nun deutlich gelitten hatte.

„Macht nichts, Hauptsache Hugo ist nichts passiert!“, stellte Theresa klar, als Daniel sich zum hundertsten Mal für meinen Fehltritt entschuldigte. Dann kamen sie endlich ins Gespräch. Theresa setzte Kaffee auf und schnitt den Christstollen an.

„Ich wollte einen backen, aber ich bin nicht mehr dazu gekommen!“, erklärte sie verschämt. „An alles habe ich gedacht, Mama hat ein tolles Abendessen vorbereitet, nur den Christstollen habe ich vergessen!“

„Das macht doch nichts, Schatz!“, erklärte ihre Mutter lächelnd und ließ ihre Hand in meine Richtung unter dem Tisch verschwinden. Darin ein Zipfelchen Leberwurst!

„Warum bleiben Sie nicht zum Essen?“, hörte ich sie fragen.

„Gern!“, antwortete Daniel, während ich mir die Leberwurst schmecken ließ. Nur gut, dass er nie erfahren würde, dass ich die ganze Aktion extra für ihn geplant hatte! Der deprimierte Gesichtsausdruck war jedenfalls verschwunden, stattdessen lief mein Daniel nun zur Höchstform auf, gab sich charmant und unterhaltsam, ganz so, wie ich es von ihm gewohnt war. Und die beiden Damen genossen seine Gesellschaft sichtlich. Ich hatte also auf der ganzen Linie gewonnen – wenn das kein Weihnachtswunder war! Als die drei in ein reges Gespräch vertieft waren, machte ich, dass ich wegkam. Über den Balkon zu flüchten, noch dazu ungesehen und ohne weiteren Schaden anzurichten, war ein Leichtes für mich. Ich glaube, sie haben es nicht einmal bemerkt. Mein Daniel war nun jedenfalls gut untergebracht, also konnte ich nun meinen eigenen Interessen nachgehen. Doch zunächst nahm ich meinen Beobachtungsposten auf meiner Lieblingskastanie ein. Und beobachtete von dort aus fasziniert, dass nicht nur ich ein richtiges Weihnachtschaos anrichten kann, wenngleich meines aus bester Absicht heraus geschehen war.

***

Hugo sah mich belustigt an, während ich am liebsten im Boden versunken wäre. Dann erzählte er den anderen, was er durch unser Fenster beobachtet hatte.
„Mach dir nichts draus!“, beruhigte mich der Ernesto. „Nicht jeder ist so ein Profi im Umgang mit Menschen wie unser Hugo!“
„Aber meine Menschen hassen mich jetzt. Sie werden mich nie wieder nach Hause lassen! Und dann bin ich ganz allein und verloren!“, jammerte ich. Dass jemand wie Hugo ein Chaos anrichten

konnte, ohne dass ihm am Ende jemand böse war, war zwar gut und schön, doch meine Menschen waren da anders.
„Hey, manchmal muss man seinen Menschen einfach zeigen, wo es langgeht“, versuchte mich Hugo zu beruhigen. „Ich weiß, dass Daniel nachher ins Krankenhaus muss. Und bis dahin wird er die Zeit nicht allein verbringen, sondern in Gesellschaft von zwei wirklich reizenden Damen! Und wer weiß, vielleicht will er Theresa ja sogar näher kennenlernen? Hübsch ist sie jedenfalls und nett auch!“ Hugo schnurrte sichtlich angetan von der Vorstellung.
„Sie ist Tierärztin!“, erinnerte ihn die rundliche Braungescheckte namens Tamy. „Vergiss nicht, Hugo, TIERÄRZTIN!!! Das sind die Leute, die dich mit Spritzen traktieren und dir wehtun!“
„Nein, das stimmt so nicht!“, widersprach ich. „Als ich einmal schlimmes Zahnweh hatte, war meine Janina so besorgt, dass sie Sonntagabend in die Tierklinik gefahren ist. Und dort haben sie mir den bösen Zahn gezogen und die Schmerzen wurden weniger!“
Allein der Gedanke an meine Janina ließ mich wieder traurig werden. Das war natürlich alles, bevor Lukas, der Schreihals, unser Leben auf den Kopf gestellt hatte!
„Tierärztin hin oder her, sie ist auf jeden Fall großartig und rettet Daniel das Weihnachtsfest!“, stellte Hugo entschieden klar. „Und was dich betrifft, Molly, mach dir nicht so viele Gedanken! Jetzt bist du erst mal hier und hast mit uns einen schönen Weihnachtsabend! Schon bald haben deine Menschen Zeit aufzuräumen und dich gehörig zu vermissen!“ Das klang irgendwie zu schön, um wahr zu sein.
„Nun sei nicht traurig, kleine Molly!“, wandte sich nun auch Tamy an mich. „Du denkst, dass du das schlimmste Weihnachtschaos aller Zeiten angerichtet hast? Oh Molly! Du bist noch so jung; du musst noch viel lernen. Ich werde dir mal erzählen, was Chaos wirklich bedeutet! Glaub mir, keine Katze kann das anrich-

ten, was die Menschen hinbekommen. Die sind da nämlich noch viel besser darin!“

Tamy seufzte gedankenverloren und leckte sich über ihre Pfoten. Keiner von uns anderen machte auch nur einen Mucks. Tamy wartete sichtlich amüsiert ab, bevor sie weitersprach.

„Verstehe, ihr wollt eine Geschichte von mir? Na gut, warum eigentlich nicht. Dann hör mal gut zu, Molly!“, forderte sie mich auf.

Wir alle sahen sie erwartungsfroh an. Dann begann Tamy ihre Geschichte.

Ein Weihnachtsfest mit Tücken und Großfamilie

Tamy erzählt

Mit meinen elf Jahren bin ich nun wirklich kein junges Kätzchen mehr. Und ich habe auch schon viele Weihnachtsfeste erlebt. Geboren wurde ich auf einem Bauernhof, bei Manuelas Eltern, sie leben noch heute dort, mitten in Brandenburg. Das ist ganz schön weit weg. Unsere Marie war damals fünf, als sie mich im Stall entdeckte – und wollte mich unbedingt mitnehmen. Dass das nicht gut geht, wenn sich ein kleines Mädchen um ein Tier kümmern soll, ahnte meine Manuela wohl, denn sie übernahm fortan die Fürsorge für mich, richtete mir in unserer schönen Wohnung ein Plätzchen her und sorgte auch sonst dafür, dass es mir gut ging. Als dann, ein paar Jahre später, Benjamin geboren wurde, war meine Familie vollzählig. Ach, was war das für eine schöne Zeit! Selbst wenn Benni als Baby ganz schön geschrien hat, doch das vergeht, wie ich heute weiß. Und hinterher, in der Erinnerung, kommt es einem gar nicht mehr so schlimm vor. Doch dann wurden die Kinder größer und unser Alltag irgendwie anders, denn Manuela begann nun wieder zu arbeiten und ich war immer öfter allein zu Hause. Die Kinder bekamen ihr Mittagessen in Form von Pausenbroten mit in die Schule. Kein haltbarer Zustand, wie Mareks Mutter missbilligend feststellte. Marek, Manuelas Mann, ist das heiß geliebte Einzelkind seiner Eltern.

Und dass die sich am liebsten dauerhaft bei uns einquartiert hätten, passte Manuela gar nicht. Trotzdem ließ sie sich darauf ein, Oma Ellens Vorschlag anzunehmen.
„Wir haben unsere Lebensversicherung ausbezahlt bekommen!“, erklärten sie ihrem Sohn, während ich mich gemütlich auf mein Sofakissen gelegt hatte. Ich gehörte zum Inventar, niemand nahm Anstoß daran, wenn ich irgendwo herumsaß oder lag. Ich ahnte gleich, dass dieses Gespräch kein gutes Ende nehmen würde, doch meine Menschen hörten ganz gebannt zu.
„Wir wissen doch, dass ihr am liebsten ein eigenes Haus hättet!“, setzte Ellen ihren Vortrag fort. „Und wir werden ja auch nicht jünger! Also haben wir uns gedacht, wir kaufen uns ein hübsches Zweifamilienhaus, in das wir dann alle zusammen einziehen! Wir oben, ihr unten. Oder umgedreht, wie ihr wollt!“
Erwartungsfroh schauten sie in die Runde und Mareks Augen sprühten vor Begeisterung.
„Ein Haus? Aber Mama, wir können das gar nicht bezahlen!“
„Mit richtiger Werkstatt im Keller, mein Junge!“, setzte Opa Horst noch einen drauf. Damit hatte er Marek sofort auf seiner Seite. Und als Oma Ellen Marie und Benjamin größere Zimmer und einen gesicherten Abstellplatz für ihre Fahrräder versprach, waren auch die Kinder ganz begeistert. Nur Manuela verhielt sich sonderbar still. Später hörte ich sie dann zu Marek sagen: „Ich weiß nicht, ob das so eine gute Idee ist! Deine Mutter mischt sich in alles ein! Ich will nicht ständig unter ihrer Kontrolle stehen und mir sagen lassen müssen, wie ich meinen Haushalt zu führen habe!“
Doch Marek wischte auch dieses Argument vom Tisch. Und schob mich dabei als Ausrede vor!
„Sieh mal, Schatz“, sagte er, „Mama und Papa haben ihr ei-

genes Reich, wir unseres. Und stell dir vor, Tamy bekommt einen Garten und eine richtige Katzenklappe, damit sie raus und rein kann, wann sie will. Alle gewinnen, glaub mir. Du bekommst so viel Platz, wie du es schon immer erträumt hast, und Mama kümmert sich mittags um das Essen für Benjamin und Marie! Wir haben die Babysitter praktisch im Haus! Mensch, Manuela, stell dir all die neuen Möglichkeiten vor! Wir könnten abends ins Kino gehen, ohne uns darüber Gedanken zu machen, welchen Unsinn die beiden anstellen, oder auch mal übers Wochenende alleine zu deinen Eltern fahren. Oder nach Rom!“

Er sah sie so glücklich an, dass sie sich natürlich bezirzen ließ. Manuela streitet nicht gern, sie hat's lieber harmonisch, das haben wir beide gemeinsam. Also stimmte sie zu. Und als sie das Haus erst einmal gesehen hatte, war sie sogar begeistert.

„Und du baust Tamy eine richtige Katzenklappe an!“, verlangte sie und zog mich auf ihren Schoß. „Du Süße, es wird dir gefallen, glaub mir. Der Garten ist herrlich! Du bekommst ein neues Halsband, mit einem Sensor dran, und dann kannst du kommen und gehen, wann du willst! Aber dass du mir auch ja wiederkommst!“, lachte sie.

Ich versprach es mauzend. Was dachte sie denn von mir? Dass ich die erstbeste Gelegenheit zur Flucht ergriff und meinem Zuhause freiwillig Lebewohl sagen würde? Ich leckte ein bisschen an ihrem Zeigefinger herum, um ihr meine Zuneigung zu versichern. Und sie deutete es wie immer richtig. Ich glaube, Manuela ist der einzige Mensch auf der Welt, der mich wirklich versteht!

Und dann zogen wir ein. Es lief sogar alles ganz prima – bis vor ungefähr vier Wochen. Der Advent hatte gerade begonnen

und Frauchen war dabei, die Weihnachtsdekoration anzubringen, als Oma Ellen plötzlich in der Tür stand.
„Ich wollte mit dir die Abfolge für das Weihnachtsmenü durchsprechen!“, sagte sie. Manuelas Gesicht verdüsterte sich sofort.
„Weihnachtsmenü?“, hakte sie nach, und allein ihr Tonfall riet mir, mich in Sicherheit zu bringen. Schnell machte ich einen Satz unter den Küchentisch und lugte nur vorsichtig unter der fast bodenlangen Tischdecke hervor. Weihnachten war bei Manuela ein heikles Thema! Aber eigentlich sollte Oma Ellen das doch wissen! Schließlich waren Manuela und Marek ja nun schon seit einer Ewigkeit verheiratet. Dass sie Weihnachten immer ganz in Familie feierten, war ein festes Ritual. Und Manuela liebte Rituale. Marek, die Kinder, sie und ich zusammen mit einer Schüssel Kartoffelsalat und jeder Menge Würstchen. Später gingen sie zusammen in die Christmette – das war für Manuela Weihnachten. Davon rückte sie nicht ab, niemals. Das wusste selbst ich. Und nun kam Oma Ellen mit einem Vorschlag für ein Weihnachtsmenü an!
„Du meinst sicher das Essen für den ersten Feiertag!“, baute Manuela ihr elegant eine Brücke. Doch Oma Ellen schüttelte den Kopf.
„Also, wenn wir schon hier alle zusammen wohnen, dann feiern wir natürlich auch alle zusammen den Heiligen Abend“, stellte sie fest, „oder sollen wir zwei alten Leute oben bleiben, während unsere Familie hier unten fröhlich Weihnachten feiert? Das kannst du doch nicht ernsthaft wollen?“
Oh doch, das wollte sie, so viel war klar. Nur sagen konnte sie es offensichtlich nicht. Wie ihre Gedanken rotierten, sah ich ihr an der Nasenspitze an.
„Du hast Recht, ich werde das mit Marek besprechen!“, knick-

te sie nämlich ein. Und wie dieses Gespräch ausgehen würde, war mir im Prinzip schon vorher klar, denn Marek würde es seinen Eltern niemals antun, sie oben allein zu lassen, wenn er wusste, dass sie viel lieber mit unterm Baum sitzen wollten. Entsprechend fiel dann auch die Entscheidung aus.
„Schön, dann feiern wir eben dieses Jahr Weihnachten alle zusammen!", gab sich Manuela kompromissbereit. „Aber sag deiner Mutter, dass sie sich zurückhalten soll! Es ist unser Weihnachtsfest und wir machen alles wie immer, ja? Und du kümmerst dich bitte rechtzeitig um einen ordentlichen Baum!"
Marek verzog zwar etwas seinen Mund, versprach es aber. Und dann versprachen sie sich noch etwas.
„Keine Geschenke für die Erwachsenen dieses Jahr!", verkündete Marek bei nächster Gelegenheit. „Die Kinder dürfen gern, sofern sie wollen, etwas basteln, aber nichts kaufen!"
„Und wenn ich nichts basteln will?", fragte Marie irritiert. „Ich bastle nicht! Ich bin fast sechzehn! Wenn wir Weihnachten ohnehin nicht so feiern, wie immer, kann ich doch genauso gut zu meinen Freunden gehen! Die machen eine Weihnachtsparty. Da ist wenigstens was los!"
„Kommt überhaupt nicht infrage!", protestierte Manuela sofort. „Weihnachten gehört der Familie! Du kannst später zu einer Party gehen. Wenn du älter bist und deine eigenen Entscheidungen triffst. Du bist fünfzehn und du bleibst zu Hause!", stellte sie klar.
„Aber ich bastle ganz bestimmt nichts!", verkündete Marie daraufhin böse. „Das ist was für Babys!"
Sie nahmen es zur Kenntnis und redeten nicht weiter darüber. Bei der nächsten Gelegenheit verkündete Manuela Oma Ellen, dass sie das Essen für den Heiligen Abend übernehmen würde und Oma Ellen gern das Menü für den ersten Feiertag überließ.

Als sich dann kurzfristig sogar noch Manuelas Eltern als Besuch ankündigten, geriet das Thema Essen sofort in Vergessenheit. Und tauchte erst heute wieder auf der Tagesordnung auf. Noch vor Manuelas Eltern.

„Ich habe alles vorbereitet!“, verkündete Oma Ellen nämlich gleich nach dem Frühstück. Manuela wurde sofort hellhörig.

„Was hast du vorbereitet?“, wollte sie wissen und ließ ihr Frühstücksbrötchen sinken.

„Also, als Vorspeise gibt es überbackenen Toast Hawaii, zum Hauptgang Klöße mit Gänsekeulen und als Nachtisch habe ich heiße, überbackene Ananas vorgesehen!“

Sie starrte in die Runde, als erwartete sie dafür einen Riesenapplaus, doch Marek verkroch sich schnell mit der Ausrede, er müsse sich um den Baum kümmern.

„Der steht noch im Schuppen und ich muss ihn noch ein bisschen aufhübschen!“, sagte er und trat die Flucht an. Ich rettete mich mit einem Satz auf die Fensterbank, während Manuela tief durchatmete.

„Ellen, ich dachte, wir hätten das geklärt!“, sagte sie in einem Ton, der keinen Widerspruch duldete. Doch Oma Ellen scherte sich nicht um den Ton oder das, was Manuela gesagt hatte.

„Ach was, Kartoffelsalat, das ist doch langweilig! Ich habe Zeit zum Kochen und ich tue es gern, deshalb habe ich alles vorbereitet! Und deine Eltern habe ich mengenmäßig auch eingeplant!“

Hörte die Frau Manuela denn gar nicht zu? Das nahm sicher ein böses Ende!

„Ellen, ich habe den Kartoffelsalat schon fertig, also koch du dein Menü doch einfach morgen, ja?“

„Für morgen habe ich Rehbraten vorgesehen. Alles bereits fix und fertig vorbereitet! Glaubst du, ich stehe umsonst in der Kü-

che? Es gibt heute Abend dann eben beides und dann wirst du ja sehen, was besser ankommt!"
Sprachs und verschwand beleidigt ins Obergeschoss, während Manuela ebenso beleidigt zurückblieb.
„Bitte, streitet euch doch nicht!", versuchte Opa Horst zu schlichten. „Wir wissen doch alle, wie Ellen ist! Sie meint es nicht so und sie ist so froh, dass sie jetzt endlich Gelegenheit hat, alle zu verwöhnen!"
„Ich habe auch schon alles vorbereitet!", fauchte Manuela. „Ich habe einen Vollzeitjob, einen Haushalt und zwei Kinder, was glaubst du, wie viel Zeit da bleibt, um ewig in der Küche zu stehen? Wenn ich es doch tue, dann, weil ich meine Familie liebe! Außerdem, gehört zum Heiligen Abend Kartoffelsalat genauso dazu wie das Christkind in die Krippe! Es ist eine Tradition, unsere Tradition, Horst. Das kannst du deiner Frau sagen! Sehe ich heute Abend etwas anderes auf dem Tisch als meinen Kartoffelsalat, dann stehe ich auf und gehe, verstanden?"
Oh je, nun war Manuela richtig sauer. Und Horst war ratlos; Marek, der dazukam, ebenfalls.
„Papa, bitte, bring das in Ordnung!", hörte ich ihn sagen. „Ich kümmere mich derweilen um den Baum!"
Allein wie er das sagte, ließ mich Böses ahnen. Der Baum war noch so ein heikles Thema! Ich durfte mich dem Teil jedes Jahr bis höchstens auf einen Meter nähern, so heilig war er Manuela. Marek stellte ihn auf, sie schmückte ihn, das war Tradition. Und wehe, wenn er nicht groß oder üppig genug war. Da konnte Manuela mehr rumquengeln als unser achtjähriger Benjamin, wenn er ins Bett musste.
„Du hast doch einen Baum?", vergewisserte sich Opa Horst prompt. Marek verzog sein Gesicht.
„Ja, schon", sagte er. „Ich fürchte nur, er wird Manuelas An-

sprüchen nicht ganz gerecht, deshalb muss ich ihn mir noch mal vornehmen!“

Opa Horst fragte nicht weiter, stattdessen hörte ich ihn nach oben stampfen. Und an Oma Ellens aufgeregter Stimme erkannte ich, dass er sich auf keine leichte Mission begeben hatte. Manuela indes widmete sich der Herrichtung der Kaffeetafel. Plätzchen, Christstollen und jede Menge Pfefferkuchen wurden auf kleine Teller verteilt, zwischendrin legte sie noch kleine Schokoladentannenzapfen auf den Tisch und passte auf, dass sie Benjamin nicht umrannte, der ihr irgendwie am Rockzipfel klebte.

„Was ist denn, Benny?“, fragte sie ihn entnervt, als er ihr auch weiterhin im Weg rumstand.

„Du, Mama, den Weihnachtsmann, den gibt’s doch gar nicht!“, sagte er plötzlich. Manuela ließ vor Schreck fast die Zuckerdose fallen. Und auch ich hielt die Luft an. Das Thema Weihnachtsmann wurde sonst für gewöhnlich ignoriert. Seine Existenz wurde bisher weder bestritten, noch durch ein Auftauchen desselben bestätigt. Bei Marie war die Taktik auch wunderbar aufgegangen, sie war irgendwann von allein dahintergekommen, dass Mama und Papa die Geschenke besorgten. Benjamin schien da nicht ganz so helle zu sein.

„Hör mal, mein Schatz!“, begann Manuela und sah sich Hilfe suchend nach Marek um, der allerdings just in dem Moment mit seiner Heißklebepistole bewaffnet, in den Schuppen marschierte. Irritiert sah Manuela ihm nach.

„Was macht Papa denn da?“, fragte sie und hatte Benjamins Frage offenbar schon wieder vergessen. Oder tat zumindest so.

„Papa optimiert nur den Baum!“, erklärte uns Marie, die sich grinsend in den Sessel geworfen hatte.

„Optimiert?“, fragte Manuela.
„Ja, ich schätze, er hätte einfach eher einen kaufen sollen. Gestern Abend gab es sicher nichts Gescheites mehr!“
Unsere Große war wirklich kein bisschen diplomatisch! Und Manuela sprang auch sofort darauf an.
„Gestern Abend hat er den Baum besorgt?“, keuchte sie. „Na, wie der aussieht, kann ich mir lebhaft vorstellen!“
Sie ließ die Kinder einfach stehen und stürmte Richtung Schuppen. Ich folgte ihr natürlich! Diese Bescherung musste ich mir mit eigenen Augen ansehen. Ich hätte es besser nicht getan, denn der Anblick dieses Dings, das Marek freundlich als Weihnachtsbaum bezeichnete, war wirklich kein schöner.
„Diese Krücke soll ich mir ins Wohnzimmer stellen?“, fragte Manuela aufgebracht und kämpfte gegen die Tränen. Oh je, wenig später weinte sie wirklich!
„Es tut mir leid, Schatz, bitte, nicht traurig sein!“, versuchte Marek sein Möglichstes. „Ich mache das wieder gut, ganz bestimmt! Ich schwöre dir, im nächsten Jahr bekommst du den allerschönsten Baum, den du jemals gesehen hast, garantiert! Ich hatte es einfach vergessen bei all dem Stress!“, bekannte er reumütig.
„Stress? Du und Stress? Du hast doch in den letzten Wochen nichts anderes gemacht, als deine Werkstatt eingerichtet!“, fauchte Manuela weinend. „Du weißt, wie wichtig mir Weihnachten ist. Also los, bring das in Ordnung! Und zwar jetzt gleich!“
„Ja, Schatz, ich habe doch zwei Bäume gekauft!“, verkündete er nicht ohne Stolz. „Der andere sah aber noch furchtbarer aus. Deshalb habe ich ihn zersägt und klebe nur die Äste an den anderen Baum. Warte ab, das wird besser aussehen, als es klingt. Und wenn du dann erst mal alles geschmückt hast, Schatz, niemand wird was merken, versprochen!“

Manuela traute dem nicht so ganz, das war deutlich zu sehen, andererseits hatte sie auch keine Alternative. Denn es war bereits Kaffeezeit und sie hinkte ihrem eigenen Zeitplan ohnehin schon um mehr als eine Stunde hinterher.

„Beeil dich, ich muss ihn noch schmücken! Oder das Kaffeetrinken fällt auch aus. Wo bleiben eigentlich meine Eltern?"

Durch diese Frage abgelenkt, stürmte sie aus dem Schuppen zurück ins Haus. Und ich hinterher. Dort hängte sie sich sofort an ihr Telefon.

„Was? Ihr hattet eine Reifenpanne? Das darf doch nicht wahr sein! Und nun? Ah, ihr wartet auf den ADAC! Habt ihr denn keinen Reservereifen?"

Sie lauschte eine Weile in den Hörer hinein und schüttelte immer wieder den Kopf. „Ausgebaut, um Benzin zu sparen? Papa, ich fass es nicht! Ja, dann beeilt euch. Und fahrt um Himmels willen vorsichtig. Wir fangen dann schon mal mit dem Kaffeetrinken an!"

Als sie aufgelegt hatte, tauchte Benjamin wieder auf. Und Marek. Mit dem verunglückten Weihnachtsbaum. Deshalb wurden seine Weihnachtsmannfragen jetzt wieder nicht beantwortet.

„Warum fragst du das nicht Oma?", schickte ihn Manuela mit einem klitzekleinen Anflug von Gehässigkeit ins Obergeschoss. „Sie beantwortet dir sicher alle Fragen gern!"

Benjamin zögerte. So wichtig schien ihm das Thema wohl doch nicht zu sein. Stattdessen starrte er fasziniert das merkwürdige Gebilde an, das sein Vater gerade aufbaute.

„Cooler Weihnachtsbaum!", stellte er fest. Marie saß immer noch grinsend im Sessel und Manuela kämpfte wieder gegen die Tränen.

„Ein bisschen mehr Lametta als sonst, ein paar hübsche Kugeln und dann geht's schon!", machte Marek allen Mut. Vor allem wohl sich selbst.

„Ach ja, Schatz, vielleicht bist du ein bisschen vorsichtig mit den Ästen ja? Der Kleber ist noch nicht ganz fest!"

Manuela sagte nun gar nichts mehr, schnappte sich dafür die Weihnachtsbaumdekoration und begann ihr Werk. Doch egal was sie versuchte, nach einer guten halben Stunde sah das Teil immer noch sehr merkwürdig aus. Zudem rieselten bereits die ersten Tannennadeln auf den Boden. Nur gut, dass ich ohnehin an einen gewissen Sicherheitsabstand gewöhnt war. Dem Teil näherte ich mich bestimmt nicht freiwillig.

„Los, lasst uns endlich mit dem Kaffee anfangen, sonst können wir uns das Abendessen schenken!", rief Oma Ellen und trat vor den Weihnachtsbaum.

„Also, Manuela, ich weiß gar nicht, was du hast! Marek hat sich doch solche Mühe gegeben!"

Manuela schnappte nach Luft und ich fragte mich entsetzt, ob Oma Ellen denn wirklich nicht merkte, wie sehr sie Manuela auf die Füße trat. Opa Horst versuchte, die Situation zu retten, in dem er einen ungewöhnlichen Vorschlag machte.

„Ich habe gerade noch mal nachgesehen, wir hätten noch einen Kunstweihnachtsbaum im Keller. Soll ich den vielleicht hochholen?"

Ein Blick von Manuela brachte ihn jedoch zum Verstummen. Und ich rechnete ihm wenigstens die Absicht hoch an.

„Nächstes Jahr, Schatz, ich schwöre es, ich gehe rechtzeitig los!", beteuerte Marek.

„Nein, nächstes Jahr kaufe ich den Baum selber!", verkündete Manuela verkniffen. „Dann weiß ich wenigstens, dass ich es rechtzeitig gemacht habe. Und auch, dass er schön ist! Das hier ist jedenfalls eine Beleidigung für jeden Weihnachtsbaum!"

Als alle nach weiterem Gezeter endlich an der Kaffeetafel Platz genommen hatten, fing Benjamin wieder mit seinem Lieblingsthema an.

„Wie ist das denn nun mit dem Weihnachtsmann?“, wollte er wissen. Und wenn Manuela nun auf Oma Ellens Unterstützung gehofft hatte, sah sie sich enttäuscht, denn Oma Ellen hielt sich seltsam zurück.

„Was haltet ihr davon, wenn ihr eure Geschenke jetzt schon bekommt?“, schlug sie stattdessen vor. Manuelas Gesicht sprach Bände.

„Ellen, Bescherung ist um sechs!“, erinnerte sie ihre Schwiegermutter.

„Woher soll ich das wissen, ich war ja sonst nicht eingeladen!“, reagierte Ellen nun mokiert.

„Verdammt, ich habe dir doch den Ablauf hundert Mal erklärt!“, brauste Manuela auf, während Benjamin nun nicht mehr zu halten war. Die Aussicht auf Geschenke zog bei ihm immer, selbst Marie stürzte auf den unsagbar hässlichen Weihnachtsbaum zu, um ihre darunter platzierten Geschenke zu öffnen. Klar, wenn Oma es erlaubte, hatte Mama nix mehr zu melden.

„Seid vorsichtig mit dem Baum!“, rief Marek ihnen hinterher und erntete dafür von Manuela einen verärgerten Tritt vors Schienbein. Ich brachte mich nun besser aus der Schusslinie, denn normalerweise war mein Platz bei derartigen Anlässen unter dem Tisch. Doch hier war es jetzt eindeutig zu gefährlich.

„Aua, das hat wehgetan!“, beschwerte sich Marek. „Was? Soll ich es ihnen verbieten?“, fragte er und schob sich den Rest Stolle in den Mund. „Das schaffe ich nicht! Entspann dich, Liebling, siehst du, der Baum steht noch!“

Dafür bogen sich die Äste gewaltig nach unten, doch das übersah Marek geflissentlich.
Seufzend erhob sich Manuela und kam kurz darauf mit einem Arm voller kleiner Päckchen wieder.
„Ich wünsche euch frohe und gesegnete Weihnachten!“, verkündete sie und überreichte erst Marek, dann Opa Horst und am Ende sogar Oma Ellen ihre Geschenke.
„Aber – wir hatten doch gesagt, keine Geschenke ...“, reagierte Marek verdattert und besah sich sein kleines Päckchen.
„Ah, das ist ja großartig, danke, mein Kind!“, freute sich derweilen Opa Horst. „Eine Sammelbox für meine Uhren, du bist ein Goldstück, Manuela, los, lass dich drücken!“
Er fiel Manuela um den Hals, ja, er freute sich sichtlich.
„Ach, wie nett, ein Gartenkalender! Und ein Gutschein für drei Reihen in deinem Gewächshaus zur eigenen Verwendung – Liebes, du bist wirklich großartig!“, zeigte sich auch Oma Ellen ehrlich begeistert. „Nur, warum hast du denn gesagt, keine Geschenke? Nun habe ich gar nichts besorgt!“
„Ja, Schatz, das ist blöd, mir gefällt der goldene Kugelschreiber, der hat sogar meine Initialen, das wird in der Kanzlei gut ankommen, aber ich habe gar nichts für dich besorgt!“
„Und du hast es auch nicht selbst gebastelt!“, stellte Marie süffisant fest. „Ich habe nämlich auch nichts gebastelt! So! Und wenn du mir das Kaufen von Geschenken nicht verboten hättest, dann würdest du jetzt auch was von mir kriegen!“
Wie enttäuscht Manuela war, das war nicht zu übersehen.
„Kleinigkeiten sind keine Geschenke!“, murmelte sie und verschwand erst einmal Richtung Badezimmer.
„Na, du bist mir ja vielleicht einer!“, sagte Opa Horst in Richtung Hagen. „Ich dachte, du kennst deine Frau! Nun stehen wir ja ganz schön blöd da!“

Während Marek immer kleiner wurde, kam Benjamin angelaufen und überreichte seiner Oma und seinem Opa stolz einen selbst gebastelten Kalender. „Das haben wir in der Schule gemacht!“, verkündete er stolz. „Und das, Papa, ist für dich!“
Er überreichte Marek ein kleines Brettchen mit Haken daran.
„Für deinen Schuppen, da kannst du was dranhängen!“
Marek war wirklich gerührt, doch das Beste kam noch! Benjamin hatte sogar für mich ein Geschenk! Er schleppte einen Topf voller Katzengras an!
„Das habe ich von Henris Mama, die züchtet das selber, die haben nämlich auch Katzen. Schöne Weihnachten, Tamy!“
Ach, was ist unser Benni doch für ein Goldstück! Ich war restlos begeistert. Vor allem, als mir Marie noch eine Tüte Leckerli präsentierte.
„Mama hat nicht gesagt, dass ich dir nichts kaufen darf!“, erklärte sie verschmitzt. „Was hätte ich dir auch basteln sollen? Noch eine Spielzeugmaus? Davon hast du doch genug!“
Wie Recht sie doch hatte, das brave Mädchen!
„Nun eure Katze habe ich natürlich auch nicht vergessen, ich habe ihr die Innereien zurückgelegt, für ihr Festtagsessen morgen!“, verkündete Oma Ellen gerade, als Manuela zurückkam.
„Hier, Mama, für dich!“, verkündete Benjamin und legte seiner Mutter ein etwas ungeschickt verpacktes Etwas hin. „Hab ich selbst gemacht! Und meine Lehrerin hat gesagt, dass es wunderschön ist!“
Na, wenn die Lehrerin das sagte! Manuela packte es vorsichtig aus und schluchzte. „Oh, ein Schmuckkästchen!“, erkannte sie richtig. Woran auch immer. Denn so wirklich auf den ersten Blick hätte das wohl niemand außer ihr erkannt. Es handelte sich um ein kleines Behältnis mit diverser Innenaufteilung. Alles aus etwas, das wie hartgewordener Matsch aussah.

„Ich habe es selber getöpfert!“, betonte Benjamin noch einmal. Und ließ sich zur Feier des Tages sogar von Manuela abknuddeln.
Noch bevor sie jedoch etwas sagen konnte, klingelte es an der Tür. Und zwar Sturm.
„Erwartest du noch jemanden?“, fragte Marek überflüssigerweise.
„Meine Eltern!“, erinnerte ihn Manuela streng, was dazu führte, dass Marie und Benjamin sofort mit Gebrüll zur Tür stürzten. Sie liebten ihren Großeltern, so viel war klar. Außerdem bestand die Aussicht auf weitere Geschenke. Ellen stürzte nach oben in ihre Küche.
„Ich tue schon mal das Essen in den Ofen!“, rief sie uns zu. Und Manuela schüttelte nur den Kopf. Widerspruch war offenbar zwecklos.
Dann erhob sie sich, wie wir anderen auch, und marschierte als Begrüßungskomitee zur Tür. Doch draußen erwartete uns eine Überraschung. Dort stand nämlich der Weihnachtsmann. Oder sein Vertreter, denn so richtig aussehen wie ein Weihnachtsmann tat das Bürschchen nicht.
„Du musst Kevin sein!“, stürzte er sich sofort auf Benjamin. „Oh, ich weiß alles über dich! Vor allem, dass du eine Eisenbahn bei mir bestellt hast!“
Benjamin trat vor Schreck einen Meter zurück und mir damit fast auf die Pfoten.
„Nein, ich bin Benjamin. Und ich spiele nicht mehr mit der Spielzeugeisenbahn!“, verkündete er empört. „Außerdem hab ich schon eine!“
Der Weihnachtsmann war sichtlich verdattert und schnell klärte sich auf, dass er sich im Hauseingang geirrt hatte.
„Tut mir leid!“, rief er. „Und noch schöne Weihnachten!“

Benjamin war längst wieder ins Haus gestürzt und saß nun schmollend vor seinen Geschenken.
„Es gibt gar keinen Weihnachtsmann!“, schniefte er und tat mir wirklich leid. „Das hättet ihr mir ruhig sagen können!“
Marek und Manuela sahen sich schuldbewusst an, selbst Marie verkniff sich einen bösen Kommentar. Deshalb nahm sich Opa Horst nun seines enttäuschten Enkels an.
„Hör mal, Benjamin, das ist so!“, begann er und legte seinen Arm um ihn. „Der Weihnachtsmann ist nur eine Erfindung der Menschen, tut mir leid, wenn du jetzt traurig bist. Aber weißt du, eigentlich hat der auch nichts mit der wahren Bedeutung von Weihnachten zu tun. Wenn du an den Weihnachtsmann denkst, denkst du an Geschenke, stimmt's?“
Benjamin nickte. Und Opa Horst fuhr fort: „Und die Geschenke kaufen deine Eltern. Sie wissen am besten, was du brauchst, was du möchtest und auch, was du verdient hast. Deshalb sagen sie immer, dass du schön brav sein sollst, verstehst du das?“
Benjamin nickte wieder. Doch so richtig schien er mit der Erklärung noch nicht einverstanden. „Dann ist alles, was ich von Weihnachten weiß, gelogen?“, presste er plötzlich heraus.
Opa Horst blieb ganz ruhig und strich ihm über den Kopf.
„Nein, Benjamin, natürlich nicht! Weihnachten ist viel mehr als Weihnachtsmann, viel Essen und Geschenke. Weihnachten ist eine ganz alte Geschichte! Erinnerst du dich an Josef und Maria und das Jesuskind?“
Benjamin nickte.
„Soll ich dir die Geschichte noch mal erzählen?“, fragte Opa Horst.
Wieder nickte Benjamin. Offenbar hatte es ihm nun vollends die Sprache verschlagen.

„Schön, dann setzen wir uns am besten alle hierher und du, Ellen, holst mir mal unsere Familienbibel. Dann lese ich die Weihnachtsgeschichte vor."

Auch wenn das eine ganze neue Tradition war, die mit unseren Ritualen nicht viel gemein hatte, widersprach nicht mal Manuela, sondern setzte sich genauso wie Marek und Marie zu Opa Horst auf das Sofa. Oma Ellen brachte das Buch und ich machte es mir zu Manuelas Füßen gemütlich. Es geht schließlich nichts über eine gute Geschichte! Dann begann Opa Horst vorzulesen und alle lauschten ihm gebannt. Dass im Hintergrund die ersten Äste von der Weihnachtskrücke abfielen, registrierte nicht einmal Manuela. Und just in dem Moment, als Opa Horst fertig war, klingelte es wieder an der Tür: Manuelas Eltern waren angekommen, endlich!

Nachdem diese ausgiebig begrüßt worden waren und sich Marie und Benjamin auf ihre Geschenke stürzten, fiel es Manuelas Mama als Erstes auf.

„Was ist denn mit eurem Baum?", fragte sie und konnte ein Lachen nicht unterdrücken.

Es stand noch ein mageres, krummes Gerippe von Tannenbaum im Wohnzimmer und drum herum lagen sämtliche angeklebte Äste. Die Lichterschnur bog sich verdächtig und ein paar Kugeln kullerten durchs Wohnzimmer. Manuela machte den Mund erst auf, dann wieder zu, ohne auch nur ein Wort zu sagen.

„Nächstes Jahr – Schatz, versprochen!", stotterte Marek, während sein Schwiegervater ihn jovial in die Seite boxte.

„Ach Junge, das haben wir doch alle schon mal gekonnt! Ich sage dir was, es bringt nichts! Aus einem hässlichen Baum wird kein schöner, egal was du versuchst!"

„Mein Essen!", hörten wir Oma Ellen von oben kreischen.

„Es ist alles angebrannt! Oh dieser unselige neue Herd! Warm halten wollte ich es, nicht anbrennen!“
Opa Horst blieb ganz ruhig, während Manuelas Mutter ratlos mit den Schultern zuckte. „Sie hat doch wohl nicht deinen Kartoffelsalat in den Ofen gesteckt?“, fragte sie überrascht.
„Nein, zum Glück nur ihr Drei-Gänge-Menü!“, blieb diese erstaunlich ruhig. Und präsentierte ihrer Familie nicht ohne ein gewisses selbstgefälliges Grinsen ihren Kartoffelsalat. Oma Ellen fügte sich. Notgedrungen.
Und als Marek dann seine Feuerzangenbowle entzündete, sah ich, wie Opa Horst Manuela beiseite nahm. Was hatten die denn zu flüstern? Schnell schnurrte ich zu den beiden hinüber.
„Hier, meine Liebe, ich habe sie schon sehr lange!“, sagte Opa Horst und überreichte Manuela ein kleines Päckchen. „Die Uhr stammt noch von meiner Mutter!“, erklärte er ihr dann, während sie das Prachtstück bewunderte.
„Aber Horst, wir wollten uns doch nichts schenken!“, sagte sie leise.
„Schon, aber erstens hast du dich auch nicht dran gehalten, zweitens habe ich es nicht extra gekauft und drittens musst du zugeben, dass sie nun wirklich nicht in meine Sammlung passt. Ich bestehe darauf, mein Kind! So erfüllte Weihnachten hatte ich jedenfalls lange nicht!“
Manuela legte gerührt das gute Stück an und während Marie und Benjamin voller Begeisterung mit ihren Geschenken beschäftigt waren, tat ich das, was ich ohnehin vorgehabt hatte: Ich schlich mich raus. Um hierher in den Klostergarten zu kommen! Ich sage euch, aufregendere Weihnachten wie diese, habe ich in meinen ganzen elf Jahren noch nicht erlebt! Und das Chaos, das sie mit dem angebrannten Essen und dem vermurksten Baum angerichtet haben, räumen sie schön sel-

ber wieder auf. Wenn ich nachher heimkomme, ist sicher alles schon wieder in bester Ordnung!

***

Als Tamy geendet hatte, sah sie mich aufmunternd an.
„Siehst du, Molly, um ein Weihnachtschaos zu veranstalten, braucht's weder ein Baby noch eine eifersüchtige kleine Katze. Das schaffen die Menschen auch so ganz prima allein. Und weißt du, meine Familie sitzt jetzt daheim, vermutlich streiten sie sogar schon wieder und Manuela träumt schon vom nächsten Weihnachtsfest. Aber eines weiß ich ganz genau, sie liebt mich. Genau wie deine Janina dich liebt. Denn ich weiß, wie es ist, wenn ein Baby dazu kommt. Unser Benjamin war ja auch mal eins. Ich erinnere mich an das Geschrei und die Unruhe, an die vielen Leute, die einem fast auf die Pfoten treten, aber ich weiß auch, dass sie größer werden. Dann hören sie auf mit dem Schreien und basteln einem dann ganz tolle Weihnachtsgeschenke!"
„Ja, schon", gab ich zu. „Du hast Erfahrung mit Babys und bei euch war auch Chaos. Aber du warst wenigstens dafür nicht verantwortlich! Und schon gar nicht, als euer Benni noch ein Baby war."
Tamy mauzte protestierend. „Dieses Mal nicht, kleine Molly. Aber ich habe auch schon genug Unsinn gemacht. Und solange du nicht ständig die Wohnung aufmischst, wird dir das auch verziehen! Du bist schließlich eine Katze! Letztendlich lassen sie dir mehr durchgehen als ihren Kindern. Pass mal auf, wenn Lukas größer ist! Dann wird Janina zu ihm viel strenger sein als zu dir, du wirst sehen!"
Ich hoffte inständig, dass Tamy Recht hatte. Und die Vorstel-

lung, dass unser Schreihals Lukas irgendwann auch mal größer wurde, gefiel mir durchaus.
„Ist dir aufgefallen, dass Marie nur ein Geschenk hatte?“, machte mich Hugo auf eine Kleinigkeit aufmerksam.
„Stimmt!“, gab Tamy zu. „Sie hat nur mir was besorgt!“
Der Triumph in ihrer Stimme war nicht zu überhören.
„Und auch sie war mal ein schreiendes, kleines Baby!“, setzte Hugo noch einen drauf. „Wenn du es also richtig anstellst mit dem kleinen Lukas, frisst er dir aus der Pfote!“
Ich seufzte tief und hoffte das Beste. Bei allem, was passiert war, so ging mir langsam auf, hatte ich es ja eigentlich noch ganz gut erwischt! Ich war nicht allein, Hugo hatte mich aufgelesen, er hätte mich auch genauso gut ignorieren können. Und hier im Klostergarten hatten mich alle mit offenen Pfoten und Herzen empfangen.
„Danke, dass ihr so lieb zu mir seid!“, flüsterte ich in die Runde.
Tamy und Hugo stupsten mich liebevoll an. Vor allem Hugo.
„Jetzt bin ich aber dran!“, unterbrach uns der kleine weißgescheckte Ernesto. „So viel Familienkram, den ihr da erzählt! Wisst ihr eigentlich, dass es noch ganz andere Sachen gibt? Ihr glaubt gar nicht, was für ein Vorweihnachtsstress man in einem Theater so hat! Besonders, wenn ein neues Stück aufgeführt werden soll!“
Und während sich Ernesto nun anschickte, uns von seinem Weihnachtstheater zu erzählen, machte ich es mir gemütlich und hörte ihm gebannt zu.

Theater, Theater – Es weihnachtet sehr

Ernesto erzählt

Also ich, Ernesto mit Namen und stolze sieben Winter alt, lebe, schon seitdem ich denken kann, in Freiheit. Und ganz ehrlich, ich kann es mir gar nicht vorstellen, mit einem oder gar mehreren Menschen in einer engen Wohnung leben zu müssen, womöglich auch noch, ohne jemals vor die Tür zu dürfen. Nein, das ist mir ganz und gar nichts, dafür bin ich viel zu freiheitsliebend. Mein Leben ist spannend und eigentlich ist immer etwas los. Ich stromere durch die Stadt, fange Mäuse und futtere mich von einem Fressplatz zum nächsten. Und dank meiner hervorragenden Kontakte zu anderen frei lebenden Katern und Katzen war ich noch nie in Gefahr zu verhungern oder gar eingefangen zu werden.
Jeden Tag, meist am frühen Nachmittag, statte ich meinem Lieblingsplatz einen Besuch ab: dem Theater! Das große barocke Gebäude in der Innenstadt wirkt auf viele einschüchternd. Nicht jedoch auf mich! Ich liebe die dicken Säulen im Eingangsbereich, im Sommer bieten sie herrlichen Schatten und im Herbst und Winter perfekten Schutz vor dem kalten Wind. Doch das Großartigste am Theater sind die Menschen, die dort verkehren: Schauspieler! Künstler eben, jeder für sich ein Riesentalent und meist selbstverliebt bis über beide Ohren. Das zeigt sich besonders, wenn ein neues Stück auf dem Plan steht. Dann geht das Hauen und Stechen um die Rollen los.

So geschehen Mitte Oktober, als das neue Weihnachtsstück in den Spielplan aufgenommen wurde.

„Immer nur den Nussknacker zu Weihnachten ist langweilig!“, hatte Dieter, der Regisseur, verkündet. „Ich habe eine ganz andere, nämlich super-moderne, Version eines Klassikers im Kopf!“, machte er alle neugierig. Tagelang schlich nun das ganze Ensemble um Dieter herum, doch der wusste natürlich genau, was Sache war.

„Komm, Ernesto, ich schaue mal nach, wer uns heute Sahne für dich mitgebracht hat!“, verkündete er laut, hob mich hoch und verschwand mit mir in die Cafeteria. Normalerweise sorge ich dafür, dass ich dort nicht auffalle, schließlich haben Tiere dort Hausverbot, aber Dieter war eine Institution in unserem Theater, er durfte einfach alles. Dass es ausgerechnet Angela war, die mit einem Sahnekännchen rüber kam, war dann keine große Überraschung.

„Ich mag es, wenn jemand Tiere mag!“, murmelte Dieter und ließ seine prankenartige Riesenhand erstaunlich zart über meinen Rücken wandern. „Weißt du, Ernesto, dir vertraue ich es an: Wir werden dieses Jahr einen Dickensklassiker spielen!“

„Fein!“, mauzte ich zurück, so gut erzogen war ich dann schon. Wobei, es war und blieb sinnlos mit den Menschen, sie verstanden Katzen einfach nicht. Immerhin wusste ich Dieters Vertrauen zu würdigen, ich leckte ein bisschen an seinen Fingern herum und schnurrte ein bisschen länger als sonst, das schien er so richtig zu mögen.

Drei Tage später ließ er die Bombe, wie er es nannte, platzen.

„Es wird Dickens, Leute!“, verkündete er. „Eine ganz neue Interpretation der Weihnachtsgeschichte! Ebenezer Scrooge wird zu Ebenezaria Scrooge, also weiblich!“

Damit hatte er alle Aufmerksamkeit auf sich gezogen. Doch warum diese Ankündigung ein derartiger Paukenschlag war, erschloss sich mir nicht so ganz.

„Eine derartige Abwandlung hat es hier noch nie gegeben!", hörte ich Ottokar, unseren Hausmeister, aufgeregt Chantal zuflüstern. Chantal war erst ein Jahr bei uns, hatte aber schon gezeigt, dass sie mit ihren fünfundzwanzig Jahren das Zeug zur Charakterdarstellerin hatte, wie Dieter so gern betonte. Nichtsdestotrotz blieb Angela seine Erstbesetzung. Was möglicherweise auch daran lag, dass sie gut zehn Jahre älter als Chantal war und damit, zumindest nach Dieters Meinung, über mehr Lebenserfahrung verfügte. Aber was wusste ich schon davon, wie Menschen einander einschätzen! Tierlieb, und darauf kam es mir letztendlich an, waren sie alle. Wenngleich Angela ein bisschen tierlieber war als der Rest der Truppe. Und hübscher.

„Dass du ausgerechnet Angela die Erstbesetzung überlassen hast, nehme ich dir übel, Dieter!", zickte Chantal noch am gleichen Tag herum.

Doch Dieter sprang darauf nicht an. „Ach Mädels, hört doch auf damit!", beschwichtigte er sie halbherzig. „Ihr wisst doch, wie das läuft! Angela wird als Erstbesetzung die Premiere übernehmen, die Achtuhrvorstellungen Freitag bis Sonntag und die Vorstellung am ersten Weihnachtstag. Du die Nachmittagsvorstellung am zweiten Weihnachtstag und die Vorstellungen am Nachmittag in der Ferienwoche. Angela übernimmt dann wieder die Abendvorstellungen."

Wie wenig Chantal es passte, ins Nachmittagsprogramm gedrängt zu werden, konnte Dieter eigentlich nicht übersehen, er tat es aber trotzdem. Bewusst oder unbewusst.

„Wann ist denn Premiere?", erkundigte sich Angela und versuchte dabei, Chantals stechendem Blick auszuweichen.

„Durch die Andersson-Vorstellung der Schwefelholzmädchengeschichte, die das Kindertheaterensemble aufführt, starten wir am ersten Advent!“, gab Dieter zu. „Ich weiß, ich weiß!“, beruhigte er das aufkommenden Stimmengemurmel der sich zunehmend um ihn herumscharrenden Schauspieler, Beleuchter und Theaterhandwerker, „das ist spät für eine Weihnachtsgeschichte, aber wir wollen den Kids nicht die Schau stehlen. Außerdem“, nun machte er eine Kunstpause, „werden wir dann eine ganz besondere Premiere im Frühling feiern!“

Er grinste sein Verschwörungslächeln, das alle ahnen ließ, dass das Frühjahrsstück noch ein bisschen größer werden würde als seine abgewandelte Weihnachtsgeschichte.

Dann ging es Schlag auf Schlag! Es wurden Bühnenbilder gehämmert, da hielt ich mich lieber fern, Kleider genäht, was mich nicht besonders interessierte, und Texte gelernt – schon viel besser! Während Chantal ihre Texte am liebsten vor Publikum auf der Bühne vortrug, selbst wenn dieses nur aus ein paar Leuten bestand, die sich das Theater mal von innen ansehen wollten, zog sich Angela dafür lieber zurück. Still saß sie auf ihrem Holzstühlchen, mir hatte sie Wasser und etwas Trockenfutter in einen Napf gefüllt, und dann murmelte sie ihre Sätze vor sich hin. Ich liebte diese stillen Stunden, denn wenn ich mich klug anstellte, erlaubte sie mir, auf ihrem Schoss zu sitzen! Und dann bekam ich Streicheleinheiten ohne Ende! Von mir aus hätte Theater nur aus Textlernen bestehen können.

„Du Armer!“, sagte sie in einer ihrer Lernpausen. „Du musst dir immer meine Texte anhören und hast vermutlich gar keine Ahnung, worum es in der Geschichte eigentlich geht, oder?“

Ich stimmte ihr mauzend zu. Und Angela nahm das als Aufforderung, mir zumindest den Inhalt nahezubringen.

„Also, Ernesto, mein Süßer, in der Weihnachtsgeschichte bei Dickens es geht um Ebenezer Scrooge, einen herzlosen Geschäftemacher. Weil er immer nur Geld verdienen will, kümmert er sich nicht um die Menschen um sich herum, vernachlässigt seine Familie, ja, ist sogar richtig gemein zu ihr. Deshalb erscheint ihm am Weihnachtsabend der Geist seines verstorbenen Geschäftspartners, der zu Lebzeiten noch viel schlimmer war als er selbst, und prophezeit ihm ein düsteres Ende, wenn er nicht sofort sein Leben ändert. Doch damit nicht genug, Ernesto, danach erscheint ihm erst der Geist der vergangenen Weihnacht, der ihn leibhaftig in seine Kindheit zurückversetzt, und danach der Geist der gegenwärtigen Weihnacht, der ihn ins Haus der Familie seines armen Schreibers und in das seines Neffen bringt. Letztlich taucht dann noch der Geist der künftigen Weihnacht auf und zeigt ihm das traurige Ende, das ihm bevorsteht. Weil ihn das so erschreckt, wandelt sich Ebenezer Scrooge dann tatsächlich zu einem gütigen alten Mann. Und da Dieter alles umgeschrieben hat, wird aus der männlichen Hauptfigur meine Rolle!“, endete Angela nicht ohne Stolz. Offenbar war diese Weihnachtsgeschichte für sie etwas ganz Besonderes.

„Meine Großmutter hat sie mir jedes Weihnachtsfest vorgelesen, solange ich zurückdenken kann!“, gestand sie mir flüsternd. „Letztes Jahr ist sie gestorben. Und als ich schon dachte, dass dieses Weihnachten für mich das erste ohne Dickens sein würde – bekomme ich diese Rolle!“

Sie wischte sich verschämt ein Tränchen aus dem Auge und ich mauzte ihr aufmunternd zu. Die folgende Zeit war dann Hektik angesagt im Theater! Ich schaute immer mal wieder vorbei, musste aber aufpassen, dass mir niemand versehentlich auf die Pfoten oder gar meinen Schwanz trat.

Dann war es endlich so weit: Premiere! Alle waren schon lange vor dem großen Ereignis da, selbst Chantal sah ich beizeiten durch die Gänge huschen. Ich hatte mich extra noch einmal geputzt, nicht, dass es irgendeine Rolle gespielt hätte oder dass ich sonst schmutzig gewesen wäre, nein, es erschien mir nur dem Anlass angemessen. So viele Premieren gab es schließlich nicht im Jahr und so ein Weihnachtsstück war eben doch etwas ganz Besonderes.

„Hier, Ernesto, ich hab was für dich!" Dieter, so aufgeregt er auch war, steckte mir einen Snack zu und hastete weiter. Ja, deshalb liebte ich meine Theaterleute so! Und Dieter ganz besonders!

Um sieben, eine Stunde bevor der Vorhang sich heben sollte, begann Dieter sehr nervös zu werden. Er fummelte an seinem Mobiltelefon herum, herrschte Ottokar an, ob es eine Funkstörung gäbe und schaute immer wieder kopfschüttelnd zwischen Uhr und Eingang hin und her. Draußen im Publikumsbereich wurde das Stimmengewirr immer lauter. Vorsichtig schlich ich mich von rechts auf die Bühne und riskierte einen vorsichtigen Blick durch eine fasrig gewordene Stelle im Vorhang. Das Theater war bereits brechend voll! Jede Menge festlich gekleideter Menschen mit ihren Kindern nahmen die Plätze ein, schauten sich neugierig um und unterhielten sich. Unbemerkt schlich ich wieder nach hinten. Dort wäre Dieter fast über mich gestolpert.

„Mensch, Ernesto, pass doch auf!", brummte Dieter und war schon wieder in sein Mobiltelefon vertieft. „Vielleicht ist die Nummer falsch?", murmelte er.

Hinter uns sammelten sich inzwischen Kurt und Desiree, die beide schon seit Jahren dem Ensemble angehörten und in dem Stück jeweils einen der Geister mimten. „Dieter, was ist denn

los?“, wollte Kurt wissen. „Du bist doch sonst nicht so nervös! Dabei brauchst du dir doch gar keine Sorgen machen! Wir sind praktisch ausverkauft! Das wird schon, glaub mir! Du weißt doch, wir geben alle unser Bestes!“
Dieter wirkte dermaßen geistesabwesend, dass ich meine Lieblingsschlafecke dafür verwettet hätte, dass er gar nicht zugehört hatte.
„Dieter?“ Nun war auch Desiree nähergekommen. „Was ist denn nur los?“
„Was los ist? Das kann ich euch sagen!“, mischte sich plötzlich Chantal mit keifender Stimme ein, die mich zusammenzucken ließ. Wenn sie ihr Sprechorgan in derartige Höhen trieb, packte mich unweigerlich der Fluchtreflex. Doch ich widerstand. Und ertappte mich dabei, wie ich sie ebenso neugierig anstarrte wie alle anderen.
„Unsere liebe Angela hat uns versetzt!“, verkündete Chantal mit einer gewissen Genugtuung. „Sie ist einfach nicht gekommen, bis jetzt nicht! Sie hat nicht einmal angerufen!“
Nun klang Chantals Stimme eindeutig vorwurfsvoll. Das schien Dieter jedoch wenigstens aus seiner Schockstarre zu lösen.
„Angela würde uns nie versetzen!“, verkündet er im Brustton der Überzeugung. „Niemals! Sie war noch nie auch nur einen Tag krank, also kommt mir nicht mit so etwas! Kinder, ich sage euch, da ist etwas passiert!“
Dieter setzte sein Drei-Tage-Regenwetter-Gesicht wieder auf und brütete weiter vor sich hin, während sich die Zeiger der großen schwarz-weißen Uhr über dem Hintereingang zur Bühne langsam aber sicher auf acht Uhr zubewegten. Unaufhaltsam vergingen die Sekunden und Angela kam nicht. Irgendwann fiel mir ein, was sie mir über das Stück erzählt

hatte. Nein, sie würde niemals die Premiere verpassen oder Chantal freiwillig das Feld überlassen.
„Schick mich auf die Bühne, Dieter!“, schmeichelte Chantal derweilen um Dieter herum. „Ich kann den Text. Und ich bin auch da. Schon seit Stunden! Du wirst es nicht bereuen!“
Doch noch war Dieter bereit, selbst den Beginn der Premiere zu verschieben, wenn er damit Angela noch auf die Bühne brachte.
„Ich habe alle verfügbaren Nummern durchtelefoniert!“, kam Ottokar angehetzt. „Nichts! Rein gar nichts. Ihr Mobiltelefon muss sich in einem Funkloch befinden und an ihren Festnetzanschluss geht niemand ran. Es ist wie verhext!“
„Dann versuch es bei den Nachbarn!“, brummte Dieter, doch Ottokar winkte ab.
„Hab ich doch, Chef, hab ich doch. Ihre Nachbarn scheinen komplett ausgeflogen zu sein, nur eine alte Dame, ihr Name ist Hildegard Müller, habe ich erreicht. Und die schwört, dass unsere Angela heute Morgen noch am Leben und gesund und munter war. Mehr war einfach nicht rauszukriegen!“
Während Ottokar mit Kurt und Desiree überlegte, wen er noch anrufen konnte, schraubte Chantal weiter an Dieter herum.
„Komm schon, mach dir nicht solche Sorgen. Es geht ihr gut, sie hat nur die Zeit verpasst, wer weiß. Denk an die vielen Zuschauer, die haben einen pünktlichen Beginn verdient! Und die Kollegen auch. Wie kann Angela nur so rücksichtslos sein?“
Ich konnte dieser Zicke nicht länger zuhören, sie war durchtriebener als jede Ratte, die ich kannte! So ein unverschämtes Biest. Kaum drehte man ihr den Rücken, ließ sie kein gutes Haar an meiner Angela, sie machte sich nicht die geringsten Sorgen. Das Einzige, was sie im Blick hatte, war ihr eigener Auftritt bei der Premiere.

„Würde mich nicht wundern, wenn die eigenhändig dafür gesorgt hätte, dass Angela heute nicht auftaucht!", raunte Kurt Ottokar zu. Dieser nickte vielsagend. Oh je! Meine Pfoten begannen vor Schreck gleich zu zittern. Was sagte er da? Dass Angela etwas zugestoßen sein könnte? Und dass Chantal womöglich dahinter steckte? Ein Kriminalfall? Direkt in meinem Theater? Zur Premiere des Weihnachtsstückes, dem Höhepunkt des Jahres? Ich war fassungslos!
„Noch fünfundzwanzig Minuten!", stellte Dieter tonlos fest. Und Ottokar reagierte. „Ich fahr da jetzt hin!", verkündete er. Dieter nickte und die anderen sagten gar nichts mehr. Zum Glück wohnte Angela nur ein paar Minuten vom Theater entfernt, wie ich nun erfuhr, in einem ruhigen Mehrfamilienhaus in einer Nebenstraße. Doch kaum war Ottokar losgedüst, kam er auch schon zurück. Zumindest kam es mir so vor, als wäre er gar nicht weg gewesen. Vielleicht lag es aber auch daran, dass die Geräusche aus dem Zuschauerraum immer lauter wurden und ich so fasziniert beobachtete, wie der Saal sich bis auf den letzten Platz füllte.
„Unsere Weihnachtsgeschichte lockt alle her!", hörte ich Chantal jubeln. „Oh, ich liebe Dickens! Und nun kriege ich vielleicht doch noch meine Chance!" Offenbar verschwendete sie keinen Gedanken an die arme Angela.
„Nichts!", tönte Ottokar lautstark. „Rein gar nichts! Von außen ist nichts zu sehen, ihr Wagen steht auf dem Parkplatz, aber das hat nichts zu bedeuten, schließlich läuft sie ja oft. Zudem hat es angefangen zu schneien, bei so einem Wetter lässt sie den Wagen erst recht stehen. In ihrer Wohnung brennt kein Licht und von ihr war weit und breit nichts zu sehen. Und ans Telefon geht immer noch keiner. Ihr Mobilteil ist nach wie vor unerreichbar!"

Ratlos blickte er in die Runde.
„Noch sieben Minuten!“, brummte Dieter und starrte auf die Uhr, als ob sich daran etwas ändern würde, wenn er das Teil mit bösen Blicken strafte. „Meine Güte, wo steckt sie nur?“
„Hoffentlich ist ihr nichts passiert!“, unkte nun ausgerechnet Chantal. Sie hatte sich schon – vorsichtshalber wie sie betonte – in ihr Kostüm geschmissen und stand nun ziemlich ratlos neben den anderen. „Nicht, dass Angela hilflos in der Wohnung liegt!“
Daraufhin sagte keiner mehr etwas. Selbst mir blieb ein mitfühlendes Miau im Halse stecken.
„Unvorstellbar!“, hauchte Desiree.
„Ja, aber hört man das nicht immer wieder? Vielleicht ist sie unter der Dusche ausgerutscht, hat sich verletzt und kann nun nicht mehr zum Telefon?“
Jetzt klang Chantal sogar ein bisschen mitfühlend.
„Wir sollten die Tür aufbrechen lassen!“, schlug Ottokar vor. „Wenn du willst, Dieter, kümmere ich mich darum! So ein Schloss ist schnell geknackt!“
„Das ist strafbar!“, mischte sich Chantal wieder ein. „Ihr müsst die Polizei informieren!“
„Jetzt? Ein paar Minuten vor der Premiere?“, Dieter sah echt ratlos aus. Ich verfolgte dieses verbale Pingpongspiel und sah erschüttert von einem zum anderen. Wie konnte ein Mensch einfach so von jetzt auf gleich verschwinden?
„Dieter hat Recht, wir dürfen die Premiere nicht aus den Augen verlieren“, mahnte Kurt, „bei aller Angst um Angela!“
Dieter nickte bedächtig. „Stimmt!“, murmelte er. Und dann lauter: „The Show must go on, Leute! Kommt, wir haben eine Premiere aufzuführen. Ich rechne damit, dass ihr alle euer Bestes gebt!“ Er warf einen letzten Blick zur Tür, zögerte

noch eine Sekunde, dann, eine halbe Minute vor acht, gab er Chantal das Zeichen für ihren Auftritt. Ich mochte gar nicht hinschauen.

Dann war alles plötzlich wie immer: Lampenfieber, Hektik und ganz viel Nervenflattern. Ein Dieter, der herumschrie und Schauspieler, die wie aufgescheuchte Hühner hinter der Bühne umherrannten. Ich hatte mich auf einem Holzpodest in Sicherheit gebracht, schließlich konnte man nie vorsichtig genug sein.

Nach einer halben Stunde war ich es leid, zuzusehen. Ich marschierte zum Ausgang. Ein bisschen frische Luft würde mir ganz gut tun. Auf meinem Weg kam ich am Büro vorbei und stutzte. Die alte Frau Leininger, früher für Kostüme zuständig und heute die gute Seele des Hauses, ohne die keine Vorstellung denkbar wäre, telefonierte. Dass sie eigentlich schon vor zwanzig Jahren in Rente gegangen war, interessierte sie herzlich wenig. Sie kam trotzdem regelmäßig vorbei – und brachte mir immer etwas mit! Ehrensache, dass ich bei ihr einen Zwischenstopp einlegte! Mit Neugier hatte das herzlich wenig zu tun, obwohl ich dabei natürlich etwas aufschnappte. Sie sorgte sich auch um Angela!

„Nein? Ah, nicht eingeliefert! Ja, danke, Ihnen auch schöne Weihnachten!“, sagte sie in den Hörer, legte auf – und wählte schon die nächste Nummer.

„Hallo? Können Sie mir sagen, ob eine Angela Meinhart gestern Abend oder heute bei Ihnen eingeliefert wurde? – Wer ich bin? – Ihre Schwester! – Warum ich das nicht weiß? – Hören Sie, ich stehe vor verschlossener Tür und mache mir Sorgen …“

Frau Leininger schüttelte den Kopf. „Ah, sie ist nicht … gut, danke!“

Schade, dass Dieter das nicht mitbekam, schoss es mir durch den Kopf. An unserer alten Frau Leininger war wirklich eine talentierte Schauspielerin verloren gegangen! Sie telefonierte noch eine ganze Weile, irgendwann hörte sie jedoch auf damit.

„Ach, Ernesto, komm, ich habe ein bisschen Teewurst für dich!“ Ich mauzte dankbar, obwohl Teewurst nicht unbedingt meine größte Leibspeise war. Aber sie sah so niedergeschlagen aus, dass sie dringend Aufmunterung brauchte. Ich schnurrte ein paar Mal um sie herum, streifte dabei zärtlich ihre Beine und rieb meinen Kopf an ihrer Seidenstrumpfhose.

„Was bist du doch für ein drolliges Kerlchen!“, flüsterte sie und lächelte verschämt. „Und so ein Hübscher! Die Katzendamen sind bestimmt wie verrückt hinter dir her!“ Ich zog das Spielchen noch ein paar Minuten durch, danach war der Grad ihrer Deprimiertheit deutlich zurückgegangen.

„Hey, Ernesto, mein Kleiner!“, hörte ich plötzlich hinter mir jemanden rufen.

„Angela?“, mauzte ich, gleichzeitig mit Frau Leininger, die fast schon ihren Namen schrie.

„Ja, ich bin‘s!“, lachte sie und fiel der alten Frau um den Hals. Dann beugte sie sich zu mir hinab und strich mir zärtlich über den Kopf. Dann wurden auch die anderen auf sie aufmerksam.

„Himmel, Mädel, wo hast du denn nur gesteckt?“ Selbst Ottokar umarmte Angela und wollte sie gar nicht mehr loslassen.

„Ihr werdet es kaum glauben, aber ich bin im Fahrstuhl steckengeblieben!“, verkündete sie und wurde sogar ein bisschen rot dabei.

„Ehrlich, ich nehme sonst abwärts immer die Treppe, aber da mein Nachbar gerade dabei war, sein Ungetüm von Weihnachtsbaum die Stufen hochzuhieven und der dicke Temmler, mein Übermieter, als Nikolausverschnitt nach unten jagte, mit dickem Geschenkesack auf dem Rücken, dachte ich, dass ich schneller bin, wenn ich ausnahmsweise mal den Aufzug nehme!“

„Und wir haben uns solche Sorgen gemacht!“ Frau Leininger rang immer noch um Fassung. Dann war auch schon der zweite Akt vorbei und Dieter kam angestürmt.

„Mensch, Angela, wo warst du denn?“

Angela berichtete erneut. Von dem Weihnachtsmann, der an ihr vorbeigejagt war, und dem Nadelbaum, der ihr den Weg versperrte.

„Ihr ahnt ja gar nicht, wie lange es dauert, bis ein Notdienst kommt! Und die Krönung war, dass der Techniker eigentlich längst Feierabend gehabt hätte. Weil es aber aufgrund eines Stromausfalls in der Neustadt viele Einsätze gab und weil ja praktisch schon Feiertag ist, musste er mich vertrösten und vertrösten und vertrösten!“

Angela verzog unwillig ihre Augenbrauen. „Wenigstens war er nett. Tja, und irgendwann war es acht Uhr und ich hing immer noch in dem blöden Fahrstuhl fest! Wisst ihr, ich habe den Geist der gegenwärtigen Weihnacht fast körperlich gespürt, der mir sagte, dass das mit dem Auftritt wohl heute nichts mehr wird. Und bitte – er hatte recht.“

„Du übernimmst morgen!“, rief Dieter ihr zu und eilte davon. Desiree, die kurz vorbeigeschaut hatte, hauchte Angela einen Kuss auf die Wange. „Bin ich froh, dass dir nichts passiert ist!“, und rannte ebenfalls Richtung Bühne. Der dritte Akt begann. Während der normale Theaterbetrieb weiterlief, sah sich Angela neugierig um und folgte mir direkt zum Vorhang.

„Ah, du hast hier eine Stelle entdeckt, wo man das Publikum

beobachten kann?“, stellte sie kichernd fest. „Na, dann lass uns doch mal schauen, ob Peter auch gekommen ist!“
Ich warf ihr ein fragendes Mauzen an den Kopf, während sie mich liebevoll packte und auf den Arm nahm.
„Du bist neugierig, du kleiner, frecher Kater!“, stellte sie fest. „Peter ist der Techniker, der mich befreit hat. Obwohl er auch hätte nach Hause gehen können, schließlich war sein Dienst längst vorbei. Aber er fand mich charmant – und ich ihn!“
Angela zwinkerte mir verschwörerisch zu, dann konzentrierte sie sich auf das Publikum. „Und deshalb habe ich ihn eingeladen!“
Angespannt ließ sie ihren Blick über die Gäste schweifen, plötzlich zog ein Lächeln über ihr Gesicht. „Da, Ernesto, da ist er! Siehst du ihn? Mit den braunen Strubbelhaaren?“
Ich wagte einen Blick und erschrak. Meinte sie etwa den Typen in Jeans und T-Shirt in der ersten Reihe? Ganz offensichtlich!
„Ist er nicht süß?“, hauchte Angela. Wie ihre Augen plötzlich strahlten! Was war denn mit ihr in dem Fahrstuhl passiert? Ob das etwas mit den Weihnachtsgeistern zu tun hatte? Nun war ich in der Tat ein wenig verwirrt. Noch dazu, weil Angelas Gesichtsausdruck immer verzückter wurde.
„Er ist ein richtiger Held, nicht wahr?“, sagte Angela. „Ich habe ihm eine der VIP-Karten organisiert, andere Plätze waren ohnehin nicht mehr frei! Aber die hat er auch verdient, schließlich hat er mich aus dem Fahrstuhl gerettet! Wo dort nicht einmal mein Mobiltelefon funktionierte! Mein Gott, Ernesto, ich hatte vielleicht Angst! Glaub mir, der Geist der kommenden Weihnacht hätte mir keine gruseligere Geschichte erzählen können. Aber dank Peters Stimme …“

Angela verdrehte die Augen. „Wenn er nicht gewesen wäre, ich wäre vor Angst gestorben!"
Obwohl ich das einigermaßen übertrieben fand, strich ich wie zur Bestätigung um ihre Beine. Sie hatte einen schweren Tag, war eingesperrt gewesen, da durfte man schon mal ein wenig überreagieren.
„Okay", mauzte ich, „dein Peter ist ein Held, schon klar. Und Helden dürfen auch in Jeans ins Theater kommen. Aber nur ausnahmsweise! Mach ihm klar, dass wenn du auf der Bühne stehst, er sich gefälligst anständig anziehen soll! Für Chantal reicht das, aber für dich niemals!"
Und als ob Angela mich verstanden hätte, flüsterte sie mir ins Ohr: „Er hat sich sogar entschuldigt, dass er keinen Anzug anhat! Dabei kam er doch von der Arbeit!"
Na ja, dachte ich, das war eine Entschuldigung. Eine akzeptable. Andernfalls hätten wir ja noch länger um unsere Angela bangen müssen!

***

Als Ernesto seine Geschichte beendet hatte, konnte ich das blümerante Gefühl in der Magengegend nicht länger ignorieren.
„Eure Geschichten gehen alle gut aus", sagte ich nachdenklich. „Ich wünschte, das wäre bei mir auch so."
„Molly, Kopf hoch!", meinte Tamy. „Mach dir doch nicht so viele Sorgen! Deine Menschen werden sicher erleichtert sein, wenn du nachher wieder nach Hause kommst. Du wirst sehen!"
„Aber ich habe doch alles kaputtgemacht!", jammerte ich. „Es ist alles meine Schuld!"
„Unsinn!", mischte sich Ernesto ein. „Wenn dir jetzt der Geist

der kommenden Weihnacht erscheinen würde, dann würde er dir sicher ein ganz wunderschönes Bild malen. Eines, in dem du ganz glücklich bist mit deinen Menschen! Ich kenne euch Hauskatzen doch! Ihr wollt nichts anderes!"

„Stimmt!", pflichtete ihm Tamy bei. „Wenn Molly an den Geist der künftigen Weihnacht denkt, dann zeigt er ihr ein schön geschmücktes Wohnzimmer, mit vielen bunt eingewickelten Geschenken, die opulent mit Glitzerband und anderem Schnickschnack verziert sind, der sich prima zum Spielen eignet. Was glaubst du, wie schön das wird?"

So wie Tamy das beschrieb, klang es wirklich schön. Doch Hugo setzte noch einen obendrauf.

„Und dann", spann er den Faden weiter, „serviert dir deine Janina ein Festmahl, bevor sie dich eigenhändig in dein Katzenkörbchen trägt, aus dem du dann heimlich ausbüxt und dich mit mir triffst, nicht wahr?"

„Geister, Geister? Ich höre immer nur Geister!", wunderte sich eine wohlbeleibte Katze, deren rot-weißes Fell mir ganz besonders gut gefiel. Sie war erst nach ungefähr der Hälfte von Ernestos Erzählung zu uns gestoßen und stellte sich nun als Paula vor. Ich mochte sie auf Anhieb.

„Also ihr tut immer so gescheit, gerade du, Ernesto!", mauzte sie fröhlich weiter. „Aber wenn es drauf ankommt, überlasst ihr den Menschen das Handeln! Dabei können Katzen doch auch ganz anders!"

Noch bevor jemand protestieren konnte, sprach sie weiter. Keck und bewundernswert selbstbewusst. „Und weil das so ist, war ich heute in einer ganz speziellen Mission unterwegs!"

Weihnachtsfrieden mit Handschellen und Blaulicht

Paula erzählt

Ich lebe schon immer auf der Straße. Meist treibe ich mich in Parks herum, von denen es gerade hier in der Gegend eine Menge gibt. Den Park an der Friedensstraße zum Beispiel oder auch den Pestalozzi-Park. Doch am liebsten bin ich in dem an der großen Hauptstraße. Er liegt direkt neben einer Polizeiwache, deshalb treiben sich da auch nachts nicht so viele unheimliche Gestalten herum wie in anderen Parkanlagen. Und eine Futterstelle gibt es dort auch, reichlich zu fressen also, wie man mir auch ansieht.

Wenn das nicht reicht oder ich Lust auf Gesellschaft habe, brauche ich gar nicht weit zu marschieren, denn die Männer und Frauen von der Polizeiwache sind ausgesprochen tierlieb. Sie stellen mir Milch hin, sodass es für mich immer einen guten Grund gibt, dort vorbei zu schauen. Und ja, ich kann sagen, dass sie mich in ihr Herz geschlossen haben! Denn wenn ich einmal nicht vorbei schaue, vermissen sie mich schon – Menschen eben! Sie sind Gewohnheitstiere, viel schlimmer als jeder Hund.

„Hey, Paula, wo warst du denn gestern?“, empfing mich Caroline, meine absolute Lieblingspolizistin. Sie ist noch jung, trägt ihr blondes Haar immer zusammengebunden und ihre Uniform steht ihr ausgesprochen gut. Außerdem verdanke ich ihr meinen Namen. „Ich hatte früher eine kleine Plüschkatze, die sah aus wie du. Sie hieß Paula!“, hatte sie gesagt. Damit hatte ich meinen Namen weg, dafür mochte ich sie natürlich umso mehr.

Unsere Begrüßung war wie immer sehr herzlich. Ich strich ihr zärtlich um die Beine, sie mochte diese Streicheleinheiten, das wusste ich. Und dass sie mich vermisste, wenn ich einmal ausnahmsweise nicht vorbeischaute, machte mich stolz. Deshalb sah ich mich auch zu einer Antwort genötigt.

„Ich war in der Friedensstraße!“, mauzte ich ihr zu, doch wie immer bei den Menschen war das vergebliche Liebesmüh. Ja, das ist das Fatale an meiner Beziehung zu den Menschen. Sie reden zwar oft mit mir, kommen aber gar nicht auf den Gedanken, dass in meinem Gemauze die Antwort steckt. Wir haben also eindeutig ein Kommunikationsproblem. Das war auch mit Caroline nicht anders, aber sie bildete sich zumindest ein, mich zu verstehen.

„Ich habe dich vermisst, Süße!“, gestand sie und kraulte mich an meiner Lieblingsstelle am Ohr. Was war das fein! Ich schnurrte vor Wohlbehagen. Dann wurden wir schnöde von einem fiesen Piepsen unterbrochen. Caroline ließ von mir ab und griff in ihre Jackentasche.

„Marius! Schön, dass du dich meldest!“, hörte ich sie sagen. „Ich weiß, dass du dir unseren Heiligabend anders vorgestellt hast! Glaubst du, ich nicht? Und dass du extra wegen mir nicht zu deinen Eltern gefahren bist, weiß ich auch. Aber bitte, Schatz, ich kann es nicht ändern. Ein paar Kollegen sind krank geworden, ich musste einspringen ...“

Dann lauschte sie eine Weile in das Gerät hinein, ohne etwas zu sagen. Dafür füllten sich ihre Augen mit Tränen.

„Bitte!“, flüsterte sie. „Sei doch nicht so unfair. Du wusstest

doch von Anfang an, dass ich Polizistin bin. Und wie viel mir mein Beruf bedeutet! Und noch haben wir ja keine Kinder!"
Sie lauschte weiter, dann fummelte sie an dem kleinen Teil herum und steckte es wieder ein.

„Ach Paula!", seufzte sie und nahm mich schwungvoll auf den Arm. Eine Zärtlichkeitsbezeugung, die ich an sich nicht wirklich schätze. Doch angesichts ihrer Stimmungslage machte ich heute eine Ausnahme und fuhr nicht die Krallen aus. Mich nicht selbst auf meinen eigenen vier Pfoten fortbewegen zu können, war mir mehr als unheimlich. Mit mir auf dem Arm und mich dabei zärtlich hinter den Ohren kraulend, nahm mich Caroline mit.

„Komm her, Süße, ich habe dir ein bisschen Futter mitgebracht. Ein paar Innereien, die magst du doch so gern. Ich hatte ein Huhn vorbereitet, nun muss Marius es allein essen. Und glaub mir, der hat dafür absolut kein Verständnis!"

„Na – alles in Ordnung?" Roland, ein Uniformierter und mir wohlbekannt, tauchte plötzlich auf. „Ärger zu Hause?"
Caroline nickte nur verschämt.

„Ach Mädel, dein Freund gewöhnt sich noch dran, glaub mir. Meine Frau macht auch alle paar Jahre immer mal wieder Theater. Dann passt es ihr nicht, dass ich an Feiertagen und Wochenenden nicht zu Hause bin, gerade an Weihnachten. Zum Glück ist es dieses Mal nicht so schlimm. Susanne, unsere Jüngste, ist mit ihren Zwillingen aufgetaucht und die sind jetzt knapp vier. Die stellen vermutlich gerade die ganze Wohnung auf den Kopf. Und je weniger Leute dabei im Weg stehen, umso besser. Wenn ich heute Nacht nach Hause komme, ist der größte Spuk vorbei und morgen früh sind sie alle wieder ganz friedlich! Du wirst auch noch merken, dass es manchmal nicht das Schlechteste ist, dem ganzen Trubel galant aus dem Weg zu gehen!"

Während Caroline ihrem Kollegen wohl nicht so ganz glaubte, war ich fest davon überzeugt, dass er Recht hatte. Die Vorstellung, in einer engen Wohnung von einer Horde kleiner Kinder gejagt zu werden und dabei womöglich auch noch mit Weihnachtsbäumen, Geschenkpaketen und diversen Möbelstücken zu kollidieren, fand ich wenig erstrebenswert. Da ging es Roland doch hier im Revier viel besser! Das war zumindest meine Meinung, doch Caroline sah so aus, als wäre sie am liebsten heimgegangen.
Sie marschierte zu ihrem Schreibtisch hinter dem großen Tresen, der den Eingangsbereich abtrennte, und zog erneut ihr Telefon aus der Tasche. Das versprach interessant zu werden.
„Du willst das Huhn nicht? Aber Marius, ich habe doch extra alles vorbereitet!“, sagte sie. „Schön, dann essen wir es morgen. Bestell dir doch eine Pizza!“, schlug sie vor. „Am Küchenbord muss noch ein Gutschein hängen!“
Sie diskutierten noch ein bisschen über die Pizza, die Marius wohl auch nicht alleine essen wollte. Meine Güte, der Kerl stellte sich aber auch an! Warum kam er nicht einfach her? Hier war so viel Trubel, da fiel ein Mensch mehr oder weniger doch gar nicht auf! Und von Minute zu Minute nahm das Chaos hier nun seinen Lauf.
Während Caroline noch telefonierte, brachten zwei Beamte einen sichtlich angetrunkenen jungen Mann herein, der sich nach Kräften wehrte. Schnell ging ich unter einem Tisch in Deckung, man konnte schließlich nie vorsichtig genug sein, so viel hatte ich hier schon gelernt.
„Ich bin aber nicht betrunken!“, lallte er schwer verständlich. Dass das nicht stimmte, war klar. Die Beamten schafften ihn weg, was ihm gar nicht gefiel. Er wollte sich immer wieder losreißen, zappelte schlimmer als ein Fisch auf dem Trockenen

und schaffte es letztendlich, einen der beiden Polizisten abzuschütteln. Roland musste eingreifen und die Situation retten, in dem er dem Trunkenbold die Hände fesselte.
Der Lärmpegel stieg im gleichen Maße, wie es draußen dunkler wurde. Die Telefone schrillten, Beamte kamen und gingen, und ich beschloss, lieber in Deckung zu bleiben.
„Lärmbelästigung in der Schillerstraße, eine Schlägerei in der Momsenallee und Familienkrach oben in der Magdeburger!“, rief Roland und kommandierte ein paar Beamte ab, die sich der Sachen annehmen sollten. Doch ruhiger wurde es nun nicht.
„Der Kerl hat meine Frau belästigt – direkt vor der Kirche!“, schrie ein älterer Herr direkt ins Revier hinein. Mit hochrotem Kopf scheuchte er einen unscheinbaren Kerl vor sich her, ein ungleiches Paar.
„Was ist denn passiert?“, versuchte Caroline die Sache zu klären.
„Wir sind gerade aus der Kirche herausgetreten, als dieses Subjekt hier meine Frau belästigt hat!“, schrie der Gefragte keine Spur leiser.
„Schön!“, bleib Caroline ganz ruhig. „Was genau hat er denn gemacht oder gesagt? Und wo ist Ihre Frau? Ist ihr etwas passiert?“
„Nein, zum Glück nicht!“, brauste der Mann gleich wieder auf. „Es ist ihr nichts passiert! Ich war ja dabei und habe gleich reagiert. Der Kerl hat sie betatscht!“
„Das stimmt doch gar nicht!“, wimmerte der andere, der sich seine offenbar schmerzenden Handgelenke rieb. Der Aufgebrachte war nicht zimperlich gewesen.
„Halt die Klappe, du ... du ...“
„Ja, nun ist es gut!“, wurde Caroline strenger. „Hier wird niemand beschimpft, schon gar nicht, wenn ich nicht weiß, was

eigentlich vorgefallen ist. Sie haben den Mann hergeschleppt – warum haben Sie nicht einfach einen Streifenwagen gerufen?"
„Zur Kirche?", fragte der Aufgebrachte entsetzt. „Das hätte außerdem viel zu lange gedauert! Dieses Subjekt hier wollte sich doch aus dem Staub machen!"
Der „Subjekt" Genannte war ihm eindeutig unterlegen. Caroline ließ sich nicht aus der Ruhe bringen.
„Und wo ist Ihre Frau?", fragte sie weiter.
„Ich bin hier!", hörte ich nun eine leise weibliche Stimme. War sie vor ihrem eigenen Mann in Deckung gegangen? Caroline winkte sie heran.
„Sagen Sie mir bitte, was passiert ist!", verlangte sie. Die Frau, im schicken Mantel und sichtlich angespannt, wand sich ein bisschen.
„Es ist wirklich nicht der Rede wert!", stammelte sie, was ihren Mann gleich wieder in die Luft gehen ließ.
„Wie bitte? Der Kerl hat dich angefasst!", brüllte er. Hinten im Raum kicherten bereits die ersten Beamten. Für menschliche Ohren nicht hörbar, doch ich registrierte es sehr wohl.
„Er saß neben dem Kircheneingang, als wir herauskamen. Und er hat mich am Bein angefasst und auf seinen Hut gezeigt, der vor ihm lag. Vermutlich wollte er nur eine kleine Gabe!", erklärte sie. Wie peinlich ihr das war, dass ihr Mann so einen Zirkus deshalb veranstaltete, war offensichtlich. Für Caroline schien sich die Situation nun zu klären.
„Er hat meine Frau unsittlich berührt!", beharrte der Ehemann jedoch weiter. „Es gehört sich nicht, anständige Kirchenbesucher auf diese Art zu belästigen!"
„Nein, das tut es nicht!", gab Caroline ihm überraschend recht. „Aber ich bin sicher, dass er Ihre Frau gar nicht anfassen wollte, nicht wahr?"

Caroline sah das beschuldigte Subjekt aufmunternd an. Und der verstand sofort.
„Ich wollte nur, dass sie auf mich aufmerksam wird!“, sagte er leise. „Ich dachte, wenn ich kurz an ihrem Mantel ziehe, sieht sie mich und geht nicht vorbei!“
„Das ist ein Schnorrer!“, reagierte der Ehemann immer noch unwirsch. „Betteln vor Kirchen ist verboten!“
Darauf ging Caroline zum Glück nicht ein, stattdessen versuchte sie eine andere Taktik.
„Es ist Weihnachten, guter Mann! Zeigen Sie Größe und vergeben Sie ihm. Glauben Sie mir, es gibt Schlimmeres als das, was Ihnen heute widerfahren kann. Und wenn Sie ein besonders mildtätiger Mensch sind, und so sehen Sie für mich aus, dann überlegen Sie sich, ob Sie ihm nicht einen Tee spendieren wollen, es ist schließlich kalt draußen. Und dann gehen Sie mit Ihrer Frau in Ihr ganz sicher wunderschön geschmücktes Heim und genießen die Heilige Nacht. Wissen Sie, andere haben es nicht so gut. Wir müssen arbeiten und der arme Schlucker dort hat vermutlich nicht mal ein eigenes Bett!“
Mit ihrer leisen, einfühlsamen Stimme schaffte Caroline es tatsächlich, den aufgebrachten Mann zu versöhnen. Der brummelte zwar immer noch was, von ‚Schnorren sollte verboten werden’, war aber nicht mehr ganz so ärgerlich. Und nach einer weiteren Viertelstunde gingen die drei sogar zusammen. Ich konnte nur staunen, wie Caroline solche Fälle immer wieder löste!
„Du hast vielleicht Nerven!“, kommentierte Torsten, ein junger Kollege und typischer Hundemensch, Carolines Erfolg. „Ich hätte die am liebsten alle eingesperrt. Den Ehemann und den Schnorrer dazu. Dann hätte die Frau daheim endlich mal ihre Ruhe gehabt!“, lachte er, doch Caroline schüttelte den Kopf.

„Komm schon, es ist doch eigentlich eher traurig, wenn sich Leute über solche Sachen aufregen. Und auch, dass es Leute gibt, die vor der Kirche betteln. Andererseits, es gibt auch weitaus schlimmere Einsätze!“
Darauf wusste Torsten nichts mehr zu sagen. Musste er auch nicht, denn er wurde schon nach vorn zur Tür gerufen.
„Jemand hat einen Sack voller Weihnachtsgeschenke gestohlen!“, erklärte der Beamte am Tresen Caroline und Torsten und zeigte auf einen echt ratlos aussehenden Weihnachtsmann.
„Das ist mein erster Einsatz als Weihnachtsmann und ich vergeige die ganze Aktion!“, jammerte er. Caroline zog die Augenbrauen hoch, ein untrügliches Zeichen dafür, dass sie dem Mann die Geschichte nicht abnahm.
„Was haben Sie denn mit dem Geschenkesack gemacht?“, wollte sie wissen. „Ich meine, Sie müssen ihn ja irgendwo abgestellt haben, sonst hätte ihn ja niemand stehlen können!“
Ihre Stimme klang streng und autoritär, ja, so konnte Caroline auch sein. Lügen mochte sie gar nicht. Torsten baute sich nun auch vor diesem Weihnachtsmannanfänger auf, dessen weißer Wattebart sich bereits in seine Einzelteile auflöste.
„Raus mit der Sprache, was ist wirklich passiert?“, verlangte Torsten.
„Der Sack ist in meinem Wagen!“, gab der Weihnachtsmann nach einigem Hin und Her dann zu. „Aber der wurde gestohlen!“
Caroline und Torsten warfen sich einen wissenden Blick zu. Also kein gestohlener Geschenkesack, sondern nun gleich ein gestohlenes Auto, es wurde immer schöner. Vorsichtig steckte ich mein Köpfchen hervor, das war echt spannend hier! Viel besser als draußen.

Caroline und Torsten prüften nun die Angaben des Weihnachtsmannes, während der immer nervöser an seinen zerfledderten Bartresten herumzupfte.
„Bitte, Sie müssen mir helfen!“, zeigte er sich wenig geduldig. „Ich muss doch der kleinen Dorothea ihre Geschenke bringen! Die ist erst drei und soll mir dafür im Gegenzug ihren Schnuller geben! Sie glauben ja gar nicht, wie wichtig das ihren Eltern ist!“
Was Torsten davon nun wieder hielt, konnte er kaum verbergen. Immerhin Caroline blieb ruhig und verkniff sich auch jedes Grinsen, was Torsten nun überhaupt nicht gelang.
„Wir suchen nach Ihrem Wagen, versprochen!“, erklärte sie ihm.
„Gehen Sie doch derweilen zur kleinen Dorothea. Mit drei hat sie sicher noch keine wirkliche Ahnung von Weihnachten. Sie verlangen den Schnuller und versprechen, die Geschenke morgen zu bringen. Oder wann auch immer!“, schlug Torsten nun vor.
Oh, ein Weihnachtsmann, der keine Geschenke brachte, dafür aber was verlangte? Das kam selbst mir reichlich seltsam vor, obwohl sich meine Kenntnisse über den korrekten Ablauf einer gelungen Familienweihnacht mangels eigener Erfahrungen in Grenzen hielten. Caroline schüttelte nun auch entsetzt den Kopf.
„Nein, das geht nicht!“, sagte sie und schaute sich suchend um. „Aber warten Sie mal, ich habe da eine Idee!“
Sie verschwand und kam kurz darauf mit einem kleinen Plüschteddy wieder, der die gleiche Uniform trug, wie sie selbst. „Hier, den geben wir sonst immer Kindern, die irgendwie in etwas verwickelt worden sind, um sie aufzumuntern. Den können Sie ihr geben – als Anzahlung sozusagen.“

„Hey, wir haben Ihren Wagen gefunden!“, mischte sich nun Torsten ein. Immer noch grinsend. „Sie hätten vielleicht nicht im Halteverbot vor einem Hydranten parken sollen. Er wurde abgeschleppt! Hier ist die Anschrift, dort können Sie ihn abholen – aber vermutlich erst nach den Feiertagen!“
Der Weihnachtsmann rang mit sich, nahm aber dann doch den Teddy.
„Würden Sie mir bitte ein Taxi rufen?“, bat er verschämt. „Mein Telefon lag nämlich auch im Wagen!“
Caroline schüttelte verwundert den Kopf, während ich mich über gar nichts mehr wunderte. Menschen waren seltsame Wesen. Statt wie wir Katzen ihren Instinkten zu vertrauen, machten sie eigentlich nur Blödsinn.
Auch wenn es sicher nicht zur Aufgabe einer Polizistin gehörte, rief Caroline dem armen Weihnachtsmann ein Taxi und drückte ihm sogar noch eine kleine Schokofigur in die Hand.
„Ich wollte doch nur kurz im Schnellimbiss Zigaretten kaufen“, sah sich dieser nun zu weiteren Erklärungen genötigt, „weil ich mir ja keinen Mut antrinken konnte. Aber ich habe so was doch noch nie gemacht! Und nun geht gleich mein erster Weihnachtsmanneinsatz so in die Hose! Dabei haben alle meine Kumpel gesagt, das wäre echt lustig und leicht verdientes Geld!“
Torsten grinste immer noch und auch Caroline konnte sich nun ein Schmunzeln nicht verkneifen.
Doch lange Zeit zum Ausruhen hatten sie nicht. Eine sichtlich verwirrte ältere Dame stolperte den beiden fast in die Arme. Trug sie wirklich nur ein Nachthemd? Es sah fast so aus!
„Ich habe mich ausgesperrt!“, jammerte sie den Tränen nahe. „Ich wollte nur mal schauen, ob es schneit, da ist die Terrassentür zugefallen! Ich wohne doch gleich dort drüben am

Park, Erdgeschoss, mit Terrasse zum Park hin. Die ist direkt an meinem Schlafzimmer! Und weil ich Angst habe, dass mal jemand einbricht, habe ich die ganze Sicherheitstechnik einbauen lassen – nun komme ich nicht mehr rein!“

Oh je, das klang wirklich schlimm! Andererseits, abends im Nachthemd rauszugehen, ist sicher generell keine gute Idee! Oh, diese seltsamen Menschen! Wie hielt Caroline das nur aus? Sie könnte, wenn sie einen anderen Beruf hätte, jetzt so schön mit ihrem Marius daheimsitzen, ihr Hühnchen futtern und Weihnachten genießen! Dann wäre der auch nicht allein und böse auf sie! Andererseits, überlegte ich, wäre sie dann nicht meine liebste menschliche Freundin, denn wir hätten uns vermutlich nie getroffen!

Ich überließ es Caroline und Torsten, die alte Dame zu versorgen, und schlenderte gemütlich zu Roland, der an seinem Schreibtisch saß und sich wie immer über den Papierkram ärgerte. Er knüllte gerade ein Blatt Papier zusammen und zielte auf den Papierkorb. Für mich eindeutig ein Signal zum Spielen. Leider hatte er heute wohl keine große Lust dazu, denn es blieb bei dem einen Blatt.

Während Caroline sich um die ausgesperrte Frau kümmerte, piepste ihr Telefon in einer Tour. Nur kam sie leider nicht dazu, ranzugehen. Mich hingegen nervte dieser Dauerton, der sich tief in meine Gehörwindungen bohrte und so langsam aber sicher einen gewissen Schmerz auslöste. Das Teil lag unbeachtet auf ihrem Schreibtisch. Klar, da vorn, wo sie jetzt stand, hörte sie es nicht. Ich überlegte kurz, ob ich es ihr einfach bringen sollte, andererseits war ich ja auch kein Hund, die ihren Besitzern grundsätzlich alles hinterhertrugen. Das hatte ich oft genug im Park beobachtet. Bälle, Zeitungen und allerlei anderen Kram. Die Menschen schienen das zu mögen, ich fand das einfach nur unmöglich! Ich sprang auf den Schreibtisch, Roland neben mir sah nicht einmal auf, und beförderte das piepende Teil mit einem gezielten Pfotenhieb direkt in den darunter stehenden Papierkorb. Dort lärmte es zwar immer noch, aber aufgrund des ganzen darin liegenden Papiers schon deutlich leiser. In der Hoffnung, das Geräusch ganz zum Verstummen zu bringen, schob ich noch einen Papierstapel, der direkt an der Kante lag, nach. Ja, nun war endlich Ruhe an der Front. Und irgendwann hörte ich das unmögliche Teil gar nicht mehr.

Ich tigerte wieder nach vorn, froh, das Geräusch endlich aus dem Kopf zu bekommen. Natürlich musste ich ganz schön vorsichtig sein, um den vielen menschlichen Füßen auszuweichen, denn jetzt wurde es richtig voll. Zum Glück mussten sich Caroline, Torsten und ihre Kollegen nicht mit schlimmen Verbrechern rumärgern, ein paar Diebstähle, zwei aufgebrochene Autos und vier Einsätze wegen Lärmbelästigung. Zudem unzählige Streitereien, in denen die Polizei als Schiedsrichter gerufen wurde – was für eine Heilige Nacht!

Als es endlich ein bisschen ruhiger wurde, fiel mir der junge Mann auf, der schon eine geraume Weile an der Tür stand. Suchte er jemanden? Er sah aus wie ein Pizzabote, schließlich hatte er einen ganzen Stapel herrlich schnuppernder Pappschachteln in der Hand. Das musste ich mir unbedingt genauer ansehen! Ich schlängelte mich zu ihm rüber und schaute mauzend zu ihm auf.

„Du musst Paula sein!“, sagte er plötzlich und streichelte mich kurz. „Caroline hat mir von dir erzählt!“

Marius? Nein, das konnte doch nicht sein, oder doch? Die Pappschachteln vor sich herbalancierend, wagte er sich nun hinein. Und ich begriff: Dieser gut aussehende junge Mann

war wirklich Carolines Marius! Schnell sprang ich an ihm vorbei, direkt auf Caroline zu. Natürlich erschreckte ich sie damit, aber das lag auch in meiner Absicht.
„Paula!“, sagte sie, dann sah sie ihn!
„Marius? Aber – was machst du denn hier?“, fragte sie erstaunt.
Marius kam lächelnd näher und setzte die Pizzaschachteln ab. „Nachdem du nicht mehr auf meine Anrufe reagierst, habe ich mir Sorgen gemacht. Erst habe ich gedacht, du bist sauer und willst deshalb nicht mit mir reden, aber dann hatte ich plötzlich Angst! Und dann dieser Gutschein!“ Marius grinste und deutete auf die Pizzaschachteln. „Das war ein Sonderangebot! Weihnachtsspezial sozusagen – kauf zehn und dann gibt’s zwei gratis! Also habe ich gedacht, dass ihr hier vermutlich alle Hunger habt, denn sonst hättest du ihn ja nicht erwähnt, oder? Bist du deshalb nicht ans Telefon gegangen, weil du wolltest, dass ich allein draufkomme?“
Carolines Gesicht war das reinste Fragezeichen, während mir plötzlich ganz heiß im Fell wurde. Oh je, das piepende Telefon! Das war Marius gewesen? Schnell sauste ich zum Papierkorb, während ich aus dem Augenwinkel heraus mitbekam, wie Caroline ihrem Schatz um den Hals fiel. Mit einem gezielten Stups legte ich den Papierkorb flach und schleuderte das Papier beiseite. Ja, da war das Telefon. Und es sah auch nicht kaputt aus. Dann zögerte ich einen Moment. Nun lag es auf dem Boden, da konnte es auch nicht bleiben, überlegte ich und rang mit mir. Nein, ich war kein Hund, definitiv nicht! Aber heute war Weihnachten und ich mochte Caroline wirklich sehr! War Marius nicht auch über seinen Schatten gesprungen und mit der ganzen Pizza hergekommen? Entschlossen schob ich das Telefon vor mir her und als sich uns be-

drohliche Füße näherten, setzte ich mich einfach drauf. Dann, nach einer gefühlten Ewigkeit, hatte ich Caroline erreicht und schob ihr das Telefon direkt vor die Füße.
„Oh, Paula, du Liebe, du hast mein Telefon hergeholt! Was bist du doch für ein Schatz!“ Sie hob es auf und strich mir zärtlich über den Kopf. Dann drückte sie an dem Teil herum.
„Siehst du, wie oft ich es versucht habe?“, sagte Marius und verteilte die Pizzaschachteln. Auch Roland nahm ihm dankbar eine ab und ihn auf ein Wort beiseite. Und während Caroline eifrig nachzählte, wie viele seiner Anrufe sie versäumt hatte, redete Roland ihrem Freund ins Gewissen. Alles verstand ich nicht, nur etwas von Vertrauen und Verständnis. Und von Weihnachten. Also nichts, was ich nicht auch wusste!

***

Als Paula fertig war, sah nicht nur ich sie fragend an. Hugo fasste sich zuerst wieder.
„Du willst doch nicht ernsthaft behaupten, dass es dein Verdienst war, dass der Kerl am Ende aufgetaucht ist?“, sagte er streng. Doch Paula ließ sich davon nicht aus der Fassung bringen.
„Natürlich ist er wegen mir aufgetaucht, was denn sonst? Hätte ich das Telefon nicht versteckt, hätte Caroline es wahrscheinlich irgendwann gehört und sie hätten weiter gestritten. Vermutlich sogar darüber, dass sie seine vorherigen Anrufe verpasst hatte! Aber als er sie gar nicht erreichte, hat er Angst bekommen, sich Sorgen gemacht, war versöhnlich eingestellt und kam zu uns. Ja, Hugo, das ist mein Verdienst, und zwar nur meiner!“
Über so viel Selbstbewusstsein konnte ich mich nur wundern! Andererseits beneidete ich Paula auch glühend darum.

„Du lässt dich bestimmt von niemandem ängstigen!“, wisperte ich. „Auch nicht davon, wenn dich deine Menschen nicht mehr so lieb haben!“
Paula sah mich verständnislos an. „Also, kleine Katze, ich weiß ja nicht, wo dein Problem liegt, aber ich genieße meine Freiheit. Und ich genieße es ebenso, von Caroline verwöhnt zu werden. Angst habe ich vor ihr keine, warum auch. Ich kann mich ja jederzeit allein versorgen. Es ist natürlich viel schöner, wenn ich in Gesellschaft bin, aber ich habe mich nie abhängig gemacht!“
So wie sie das sagte, fühlte ich mich gleich noch ein bisschen schlechter. Paula schien das zu merken, denn Hugo übernahm es nun, ihr mein Problem zu erklären.
„Verstehe“, sagte sie dann und kam ein Stückchen auf mich zu. Sie war wirklich ganz schön dick, stellte ich fest. Ich war schon ein kleines Moppelchen, wie Janina oft bemerkte, aber sie schlug mich um Längen. Janina! Da war er wieder der Gedanke an mein Zuhause, meine Familie. Und daran, dass ich alles verloren hatte.
„Komm schon, Molly, du hast überreagiert!“ Paula stupste mich liebevoll in die Seite. „Du hast mir doch gebannt zugehört! Dann weißt du doch, was für Verrückte da draußen rumlaufen! Und auch, dass deine Familie nicht dazugehört. Wenn sie nicht wissen, wo du hingelaufen bist, können sie dich auch nicht suchen! Glaub mir, wenn deine Janina wüsste, wo du bist, würde sie angelaufen kommen und dich eigenhändig nach Hause tragen!“
„Glaubst du wirklich?“, fragte ich zaghaft. Paula bejahte vehement. Und Hugo und Tamy stimmten ihr zu. Doch so richtig nahm ich ihnen das nicht ab.
„Ich habe mich ganz schön blöd benommen!“, gab ich zu und

konnte nicht verhindern, dass ich mich nun furchtbar über mich selbst ärgerte. Hätte ich mich denn nicht einfach genau wie Janina über unseren Lukas freuen können? Okay, sein Geschrei ging durch Mark und Bein, aber nun wusste ich ja, dass das irgendwann mal wieder wegging!

„Komm, Molly, bevor du dir weiter Sorgen machst, hör mir mal gut zu!“, sagte nun eine schwarz-weiße Katze, die schon älter zu sein schien. Sie hatte sich bis jetzt im Hintergrund gehalten, nichts gesagt, nichts kommentiert. Nun kam sie näher. „Weißt du, das letzte Jahr war hart für mich und meine geliebten Menschen. Ich bin wie du eine Wohnungskatze und kann mir deshalb gut vorstellen, wie du dich fühlst. Hör mir gut zu, dann wirst du schnell merken, dass es viel schlimmere Dinge gibt, als einen Weihnachtsbaum umzuwerfen!“ Und damit begann Mohrle, wie sie sich nannte, ihre Geschichte.

Überraschung am Heiligen Abend

Mohrle erzählt

Die Wahrheit ist, es sah schon im Frühjahr nicht gut aus! Auch wenn es mir schwerfällt, das zuzugeben, und ich wünschte, es wäre anders, das könnt ihr mir glauben. Fast dreizehn Jahre bin ich nun schon alt und mein ganzes Katzenleben habe ich mit meinen beiden Menschen verbracht: Hedwig und Josef. Solange ich denken kann, waren sie immer da und es gab keinen einzigen Tag, an dem sie mich allein gelassen hätten. Sie liebten mich als Familienmitglied und passten auf, dass mir nichts fehlt. Als ich einmal versehentlich an einem Rattenköder genascht habe, sind sie sofort mit mir zum Tiernotarzt gefahren und dann hat Hedwig mich gesund gepflegt. Ihr sorgenvolles Gesicht allein hat ausgereicht, dass ich draußen keinen Bissen mehr zu mir nahm, bis heute!
Denn eigentlich ist Hedwig ein ganz fröhlicher Mensch! Sie liebt das Leben und gewinnt jedem Tag etwas Gutes ab, kein Grund für ein sorgenvolles Gesicht also. Ich jedenfalls, so nahm ich mir vor, würde ihr nie wieder einen Grund dafür liefern!
Und dann war es ausgerechnet Josef, der dafür sorgte, dass sie es wieder aufsetzte. Eines Abends, völlig aus heiterem Himmel, brach er nach dem Essen zusammen. Und da war es wieder da! Natürlich rief Hedwig sofort nach einem Arzt und der nahm Josef mit, auch wenn der sich wehrte.

„So schlimm wird es schon nicht sein!“, wiegelte er ab. Doch seine Schmerzen konnte er nicht verbergen. Die nächsten Tage verbrachte er im Krankenhaus und Hedwig pendelte hin und her, immer mit sorgenvollem Gesicht. Als sie Josef dann wieder mitbrachte, war ich richtig erleichtert. Doch gut, so viel verstand ich schnell, war die Sache damit nicht.

„Weißt du, Liebes, wir sind jetzt fast fünfzig Jahre verheiratet, haben eine wundervolle Tochter und einen Enkel, auf den wir stolz sein können. Wir haben kein Recht, undankbar zu sein!“, hörte ich Josef sagen. Doch beruhigt war Hedwig deshalb noch lange nicht. Und ich auch nicht, denn solche Sachen sagte Josef normalerweise nicht. Und normalerweise lag er auch nicht auf dem Sofa herum, nichts konnte ihn eigentlich stoppen. Schreinermeister war er vor seiner Pensionierung gewesen, mit eigener kleiner Werkstatt, wie er gern erzählte. Die meisten Möbel im Haus hatte er selbst gebaut. Vielleicht liebte Hedwig sie deshalb so und polierte sie fast täglich.

„Dein Vater will nicht, dass ich mich aufrege, aber ich weiß doch, was der Arzt gesagt hat!“, hörte ich Hedwig ihrer Tochter Carina am Telefon berichten. „Ich wünschte wirklich, ihr könntet herkommen!“, flüsterte sie in den Hörer. Ich spitzte die Ohren. Wenn Hedwig ihre Carina bat, zu kommen, war es schlimm. Viel schlimmer als vor einigen Jahren, als Josef beim Schneeschippen ausgerutscht und hingefallen war. Damals kam ein Notarztwagen mit Blaulicht angefahren, ich hatte mich sicherheitshalber auf die Fensterbank verkrochen, denn draußen war es kalt, aber die schrille Sirene war lauter als alles, was ich jemals gehört hatte. Auch damals hatten sie Josef mitgenommen, und als er wieder kam, hatte er einen merkwürdigen Verband am Arm.

„Gips, Mohrle!“, hatte er gelacht. „Damit kann ich jedem Einbrecher eins drüberbraten, wenn er sich an deinem Fressnapf vergreift!“ Ja, so kannte ich meinen Josef. Immer lustig und für ein Späßchen gut. Denn natürlich hatte sich noch nie ein Einbrecher in unser gemütliches kleines Reihenhaus am Ende der Siedlung gewagt, schon gar nicht an meinen Fressnapf. Dem hätte ich es aber auch gezeigt!

Damals war Carina nicht gekommen, sie hatten telefoniert und Josef hatte ihr gesagt, dass es nicht so schlimm war. Carina lebt mit ihrem Mann Hagen ganz weit weg. Gelegentlich starrt Hedwig auf die große runde Kugel, die im Wohnzimmer steht und die sie Globus nennt. Ein hübsches Ding, das sich dreht, wenn man es anstupst. Sie sucht dann immer etwas, das Afrika heißt und fährt mit ihrem Finger wieder und wieder die Strecke ab, die zwischen unserem Zuhause und dem Punkt liegt, an dem Carina mit Hagen wohnt.

„Hagen ist Diplomat, arbeitet in der Botschaft in Botswana!“, habe ich sie der Nachbarin erzählen hören. Auch wenn ich keine Vorstellung davon hatte, was ein Diplomat ist oder wo dieses Botswana liegt, so weiß ich doch, dass es ganz schön weit weg sein musste. Denn Carina und Hagen kommen nur zwei Mal im Jahr zu uns. Nur Tim, der Sohn der beiden, kommt ein bisschen öfter. Und er verbrachte seine Sommerferien bei uns, Jahr für Jahr. Inzwischen flog er sogar allein hin und her.

Dieses Mal jedoch lachte Josef Hedwigs Sorgen nicht weg. Ja, er lachte selbst kaum noch, vermutlich hatte er arge Bauchschmerzen, denn mit dem Essen lief es nicht so gut. Aber er telefonierte! Vorzugsweise mit Carina und Tim, dem er gut zuredete, doch noch ein weiteres Jahr mit dem Studium zu warten, wenn er nicht wusste, was genau er eigentlich studieren wollte. Als Opa war Josef genauso unschlagbar wie als Katzenfreund. Und mit Tim verband ihn etwas ganz Besonderes: die Leidenschaft, irgendwelche Dinge zu bauen! Gern und oft werkelten sie im Haus herum und probierten Neues aus. Für Josef die perfekte Gelegenheit, dem Jungen alles Mögliche beizubringen. Und er sträubte sich auch nicht, von Tim Ratschläge anzunehmen, selbst wenn sie wenig sinnvoll waren, wie diese unsägliche Hightech-Katzenklappe, die sie vor zwei Jahren im Sommer eingebaut hatten.

„Mit Chip und Sensor!“, hatte er Josef erklärt, der seine Lesebrille zurecht gerückt auf der Nase ziemlich skeptisch dreinschaute. Da es um mich ging, hatte ich mich natürlich zu den beiden gesellt.

„Stell dir vor, Opa, Mohrle muss da draußen vor einem bösen Kater flüchten, dann kann sie sich nun schnell durch die Katzenklappe hinein retten und der böse Kater muss draußen bleiben, weil er keinen Chip hat, der ihm Zutritt verschafft!“

Das klang alles recht abenteuerlich, denn ich musste in meinem ganzen Leben noch vor keinem bösen Kater weglaufen, eher hätte ich dem meine Krallen ins Fell gehauen, aber Josef nickte, also fügte ich mich. Das neue Halsband, das ich daraufhin bekam, war zudem ganz hübsch und viel bequemer als das alte.

Im Moment machte Tim ein Praktikum, das Hagen ihm besorgt hatte. Ich habe gehört, wie er deshalb seinen Opa um Rat gefragt hat. Dass Hagen es gern hätte, wenn Tim auch ein Diplomat wurde, war klar, doch Tim tat sich schwer damit. Er war eben mehr der praktische Typ, wie Hedwig es gern nannte. Doch Josef riet ihm zu, trotz seiner Bauchschmerzen.

„Nutze die Zeit, mein Junge, du bist nur einmal jung! Und glaub mir, eine falsche Entscheidung in Bezug auf deine Zukunft wirst du im schlimmsten Fall ewig bereuen. Was macht es da schon, wenn du dich erst mal ausprobierst!"

Ja, Josef war immer auf Tims Seite. Und verteidigte ihn auch jetzt gegenüber seinen Eltern, die dieses Ausprobieren gar nicht gut fanden.

„Tim ist einundzwanzig, Papa, da sollte er wissen, was er einmal werden will! Dieses Austesten führt doch nur dazu, dass die jungen Leute sich vor lauter Möglichkeiten am Ende gar nicht mehr entscheiden können!"

Nun also bat Hedwig angesichts des Gesundheitszustandes von Josef Carina zu kommen. Und sie kam. Mit Tim und sogar mit Hagen.

„Es gibt Möglichkeiten, Papa!", sagte sie und ließ Josef gar nicht mehr los.

„Dein Vater lehnt eine Chemotherapie ab!", klagte Hedwig. „Er meint, es sei sinnlos bei Bauchspeicheldrüsenkrebs. Die Überlebensrate ist zu gering, zudem hat der Krebs schon gestreut!"

Dabei liefen dicke Tränen über ihre eingefallenen Wangen und mein kleines Herz krampfte sich ganz fest zusammen. Hedwig sah so besorgt aus! Und wenn ich in die Gesichter von Carina und Hagen sah, ahnte ich, dass die Lage sehr, sehr ernst war. Zum Glück ließ sich wenigstens Tim nicht von diesen deprimierenden Aussichten anstecken, er war fröhlich wie immer, ging Josef zur Hand, der es nach einigen Wochen leid gewesen war, immer nur herumzuliegen. Die beiden reparierten sogar wieder den Sensor, der den Geist aufgegeben und mich praktisch ausgesperrt hatte! Das war kurz nachdem Josef diese bösen Schmerzen bekam, deshalb ging es in der allgemein deprimierten Stimmung ein wenig unter. Und ich machte natürlich keine große Sache daraus! Nun war aber Tim wieder da und nahm sich der Sache an. Er werkelte drei Tage daran herum und je länger es dauerte und je mehr Versuche daneben gingen, desto skeptischer wurde ich.

„Wir haben ja auch noch die alte Katzenklappe an der Kellertür!“, raunte mir Josef zu, als er mich auf seinen Schoß hob und zu kraulen begann. „Lassen wir ihn also machen. Technische Spielereien liegen ihm. Und uns stören sie nicht weiter, nicht wahr, mein Schatz!“

Mein Josef! So kannte ich ihn! Und wegen genau dieser pragmatischen Einstellung hing mein ganzes kleines Katzenherz an ihm. Doch ich sah auch die dunklen Schatten unter seinen Augen, bekam mit, wie müde er oft war und wie viele Tabletten er plötzlich schluckte. Doch alles reden half nicht, Carina, Hagen und Tim reisten ein paar Wochen später wieder ab, ohne dass sich Josef zu dieser Behandlung hatte überreden lassen.

„Unkraut vergeht nicht, Kinder, und so schnell stirbt man nicht!“, lachte er, als er dem Taxi hinterherwinkte.

Ein paar Wochen später, die Tage waren so lang wie sonst nie im Jahr, besserte sich Josefs Zustand. Er war nicht mehr so müde und ihm schmeckte Hedwigs Essen auch wieder.

„Ich sagte doch, so schnell geht das nicht, Liebes!“, beteuerte er. Doch Hedwigs sorgenvoller Gesichtsausdruck wollte einfach nicht verschwinden. Auch nicht, als dieser wunderbare Zustand anhielt.

„Komm schon, lass uns den Sommer genießen und das Haus renovieren!“, schlug Josef vor und begann voller Enthusiasmus, neue Tapeten fürs Wohnzimmer auszusuchen.

„Aber wir lassen das von einer Firma machen!“, verkündete Hedwig streng, als sie merkte, dass sie Josef sein Vorhaben nicht ausreden konnte. „Du bist zu alt dafür!“

Josef stutzte und ich zog ganz automatisch den Kopf ein. Die-

ses Argument hatte Hedwig sonst nie vorgebracht. Doch sie ließ sich nicht umstimmen.
„Entweder eine Firma oder die Aktion fällt aus!“, tat sie kund. „Wir sind beide fast achtzig, da fange ich nicht an, Tapeten abzureißen, nein, auf keinen Fall!“
„Schön, dann eben eine Firma!“, gab Josef sich geschlagen. „Aber die suche ich aus!“
Als die Aktion anlief, wurde mir schnell klar, warum Hedwig das nicht selbermachen wollte. Es war eine schreckliche Schinderei, schmutzig, anstrengend und viel zu laut. Die Handwerker rannten praktisch durch jedes Zimmer, denn Josef hatte beschlossen, gleich das ganze Haus zu renovieren, wenn er denn schon eine Firma dafür beauftragen musste. Früher, so erklärte er jedem der Handwerker, hatte er solche Arbeiten immer selber gemacht. Aber nun ließ ihn Hedwig nicht mehr. Zum Glück nahm er ihr das aber nicht wirklich übel. Dafür war das Durcheinander im Haus unglaublich. Möbel wurden verrückt und selbst mein Fressnapf wurde fast täglich an einem anderen Ort gestellt, damit er nicht im Weg stand.
„Es ist das reinste Chaos!“, erzählte Hedwig ihrer Carina. „Dein Vater kommandiert die Handwerker den lieben langen Tag herum. Ein Wunder, dass die noch nicht fluchend davongelaufen sind!“
Doch Carina lachte dazu nur, das konnte ich hören! „Lass ihn doch, Mama, er ist in seinem Element. Und es ist doch ein gutes Zeichen, wenn er das Zepter wieder in die Hand nimmt. So kennen wir ihn doch, oder?“
„Ja, aber er ist immer noch krank! So ein Krebs verschwindet nicht einfach!“ Hedwig schniefte in ihr Taschentuch und ich konnte deutlich hören, wie Carina auch einen Moment innehielt.

„Mama“, sagte sie dann, „Ich weiß, dass Papa krank ist, aber vielleicht ist der Krebs zum Stillstand gekommen. Du darfst die Hoffnung nicht aufgeben!“
„Er weigert sich aber vehement, weiter zum Arzt zu gehen!“, flüsterte Hedwig in den Hörer, weil sie wohl befürchtete, dass es jemand hören könnte. Josef zum Beispiel, der immer wieder auftauchte, um Hedwig mit seinen Späßen über das Chaos hinwegzutrösten.
„Ich weiß, ich rede noch mal mit ihm!“, versprach Carina. Dass sie damit keinen Erfolg hatte, wurde klar, als die Renovierungsarbeiten abgeschlossen waren. Das war Anfang August. Draußen herrschte das schönste Sommerwetter, die Vögel zwitscherten den ganzen Tag und ich fragte mich schon, ob wir denn in diesem Jahr gar nicht mehr wegfahren würden, als Josef das Zeichen zum Aufbruch gab. Denn in anderen Jahren waren wir um diese Zeit längst in unserem Wochenendhaus gewesen.
„Lass uns fahren!“, verkündete er und schaute dabei zufrieden im Wohnzimmer herum. Die neue Tapete war eine Augenweide, wie er sagte, und nun begann er sich sichtlich zu langweilen.
„Wir waren dieses Jahr noch gar nicht draußen, wir müssen nach dem Rechten sehen!“, betonte er. Doch Hedwig wollte nicht so recht.
„Die Hallmeiers schauen nach dem Rechten!“, erklärte sie ihm stattdessen. Lilo und Rüdiger Hallmeier waren unsere Nachbarn auf dem Wochenendgrundstück. Das lag eine gute Stunde Fahrt mit dem Auto entfernt in der Dübener Heide. Hedwig und Josef verbrachten für gewöhnlich jeden Sommer dort draußen. Mit mir natürlich, auch wenn ich die Fahrt mit dem Auto als Zumutung empfand.

Josef setzte sich durch, Hallmeiers Angebot, sich um alles zu kümmern, hin oder her. Er wollte sich selber kümmern. Und Hedwig hatte keine Chance. Sie packten also alles zusammen, verfrachteten mich in meine ungeliebte Transportbox und los ging's.

„Wir sind gleich da, Mohrle, keine Angst!", tröstete mich Josef, als mir die Schaukelei im Wagen zu viel wurde. Zum Glück hatte er recht, und als wir das Grundstück erreichten, war ich schnell versöhnt. Da draußen gab es nichts als herrliche Natur! Ich konnte den ganzen Tag im Freien herumtollen, auf Bäume klettern und herumspringen, ohne auf Autos, Passanten oder sonstige Hindernisse achten zu müssen. Ich war im Katzenparadies! Und als dann Tim sogar noch für ein paar Wochen zu uns kam, war unser Glück perfekt! Gemeinsam mit seinem Großvater reparierte er den Schuppen und den alten Schaukelstuhl, den Hedwig so gern mochte. Dann kümmerten sie sich um das Dach.

„Also du kletterst da keinesfalls hoch!", schritt Hedwig jedoch ein, als sie Josef auf der Leiter herumturnen sah. Ich beäugte die Situation kritisch vom nahen Fliederbaum aus. Josef war in Topform, wie im letzten Jahr und im Jahr zuvor. Dass er so krank war, wie Hedwig behauptete, fiel jedenfalls niemandem auf. Als er jedoch zuließ, dass Tim die Arbeiten oben übernahm, und das auch noch ohne zu widersprechen, wusste ich, dass er nicht so fit war, wie er vorgab. Sonst hätte er sich niemals von der Leiter vertreiben lassen. Abends, während sie Fleischstückchen und Fisch auf dem Grill brutzelten, suchte ich immer wieder Josefs Nähe. Er kraulte mich und steckte mir immer wieder ein Häppchen zu. Das hatte er sonst nie gemacht. Meine Befürchtungen schienen sich zu bestätigen: Er war nicht wirklich gesund!

Als das Wetter schlechter wurde, Tim war leider schon wieder abgereist, fuhren auch wir nach Hause. So wie jedes Jahr. Der schöne Sommer war vorbei!
Den Oktober verbrachten Hedwig und Josef in aller Ruhe vornehmlich im Garten, denn nach einer kurzen Regenperiode wurde das Wetter noch einmal richtig schön.
„Dass du den Schaukelstuhl mitgenommen hast, war wirklich eine gute Idee!“, freute sich Hedwig und machte es sich darin gemütlich. „Und er knarrt auch nicht mehr!“ Das war ihre Art zu sagen, dass Josef ihn gut repariert hatte.

Es war ein nieseliger Tag Anfang November, als Josefs Krankheit mit einem Schlag zurückkam oder richtig ausbrach. Erst hörte ich ihn morgens im Bett stöhnen, dann brach er im Badezimmer zusammen. Die ganze Hektik, die dann herrschte, bekam ich nur am Rande mit, denn ich fürchtete das Schlimmste. Hedwig war kalkweiß im Gesicht, ihre Finger zitterten, als der Krankenwagen mit Josef davonfuhr. Sie konnte kaum die Tasten am Telefon richtig eintippen.
„Ich fahre hinterher, Carina, aber ich habe solche Angst!“, flüsterte sie in den Hörer. Ihre Stimme versagte fast. Carina versprach zu kommen, sie wollte sofort Flugtickets bestellen, wenigstens für sich eins, denn Tim und Hagen konnten wohl nicht weg.
„Hagen bereitet eine wichtige Konferenz vor, die im Januar stattfindet, aber ich beeile mich, Mama!“
Doch während wir auf Carina warteten, entschied Josef, dass er trotz seines Zustandes nicht im Krankenhaus bleiben wollte.
„Ich habe Krankenhäuser immer verabscheut, Liebes, ich will dort nicht sterben!“, hörte ich ihn sagen. Meine Welt, so wie ich sie kannte, brach in diesem Augenblick zusammen. Josef

würde sterben? Nun hielt er es selbst für möglich! Und niemand widersprach! Also war es wahr? Ich suchte Josefs Nähe, schmiegte mich an ihn und verließ ihn bis zum Schluss nicht mehr. Ich futterte nur das Nötigste, wie Hedwig, die das Essen auch fast völlig einstellte. Als Carina kam, war es sehr still in unserem Haus geworden. Jeder bewegte sich nur, wenn es unbedingt nötig war, dabei schlief Josef jeden Tag mehr. Und er bekam auch kaum mit, wenn ich auf sein Bett sprang. Dass er mich nicht verscheuchte, war das nächste untrügliche Zeichen, denn sonst war das Bett für mich absolut tabu. Auch Gespräche, wie sie sonst zwischen Hedwig und ihm abliefen, kleine Neckereien oder gar ein Lachen gab es nicht mehr. Es war, als hätte jemand die Zeit angehalten, die Welt da draußen existierte für Hedwig, Josef und mich nicht mehr.

An einem weiteren düsteren Novembertag, nur zwei Wochen später, starb Josef. Ganz leise, ohne ein Wort zu sagen. Hedwig und Carina saßen an seinem Bett, als er aufhörte zu atmen, ich zu seinen Füßen. Dass jedes Leben aus ihm gewichen war, wusste ich sofort, noch bevor Hedwig und Carina das klar wurde. Als sie es begriffen hatten, blieben sie einfach still sitzen. Erst eine gefühlte Ewigkeit später rappelte sich Carina hoch und rief den Arzt. Doch der konnte natürlich auch nichts mehr tun.

„Es tut mir leid!“, sagte er und drückte Hedwig lange die Hand. „Ich weiß, es ist nur ein geringer Trost, aber er hatte noch einen schönen Sommer und das Ende hätte auch anders kommen können. Er wollte zu Hause sterben und das haben Sie ihm ermöglicht. Mehr konnten Sie nicht tun!“

Ob Hedwig das überhaupt mitbekam? Ich hatte meine Zweifel. Sie war so still, bewegte sich wie in Zeitlupe und mit größter Mühe. Und meine Angst, sie auch noch zu verlieren, war geradezu übermächtig. Ich strich ihr um die Beine und folgte ihr auf Schritt und Tritt. Doch das bemerkte sie in den ersten Tagen gar nicht. Nachdem zwei Männer mit einer großen schweren Kiste Josef mitgenommen hatten, war sie noch mehr in sich zusammengefallen.

„Mama, bitte!", flehte Carina sie an, damit Hedwig überhaupt einen Bissen zu sich nahm. Selbst mir war der Appetit vergangen, da half es auch gar nicht, dass Carina, die sich mit meinem Futter natürlich nicht so auskannte, mir vier Mal am Tag ein Festtagsmenü offerierte.

„Sieh mal, Mama, nicht mal Mohrle mag fressen, wenn du nichts isst!", deutete sie meine Zurückhaltung falsch. „Willst du, dass sie verhungert? Komm, iss wenigstens etwas!"

Und Hedwig tat, was Carina sagte. Wohl mehr um des lieben Friedens willen, als dass sie wirklich Hunger hatte.

Zur Beerdigung kamen dann auch Hagen und Tim angereist. Auch die beiden wirkten still und traurig, jeder auf seine Weise. Dass Hagen sich überhaupt freimachen konnte, rechnete ihm Hedwig hoch an.

„Du hättest nicht kommen müssen!", sagte sie zu ihm. „Wir wissen doch, dass du eigentlich arbeiten musst. Und es ändert ja sowieso nichts mehr!"

Hagen, sonst eher zurückhaltend mit Gefühlsbezeugungen, nahm Hedwig in den Arm und drückte sie ganz fest.

„Wenn du etwas brauchst, sag Bescheid, ja? Ende Januar, wenn alles vorbei ist, kommen Carina und ich für eine Weile her. Und wenn du es gar nicht aushältst, hier so allein, dann kommst du eben zu uns! Wir wohnen in einem ordentlichen Haus, gut bewacht, es ist sicher dort. Du musst keine Angst haben! Botswana ist schöner, als du denkst!"

Hedwig lächelte ihn an. Ja, sie lächelte wirklich! Wahrschein-

lich vor Rührung, dass Hagen sich solche Sorgen um sie machte. Doch dann lehnte sie dankend ab.
„Ich bin nicht allein, mein Junge, ich habe doch Mohrle! Außerdem, einen alten Baum verpflanzt man nicht mehr. Kommt, wann immer ihr Zeit habt, ich werde zurechtkommen!“, versprach sie. Carina, Hagen und Tim reisten ab. Und wir blieben zurück.
Kaum waren wir allein, wurde es sehr, sehr still im Haus. Hedwig ging kaum noch raus und bewegte sich auch sonst nur sehr behäbig durchs Haus. Oft blieb sie mitten auf der Treppe stehen und fuhr mit der Hand über die noch neuen Tapeten. Dann ging sie gedankenversunken in ein Zimmer, ich ihr natürlich auf den Fersen, nur um wenig später unverrichteter Dinge wieder umzukehren. Es schien fast so, als irrte sie mehr oder weniger planlos durchs Haus. Sie wusste nichts mit sich anzufangen! Nur mein Futter vergaß sie nie. Sie füllte auch meinen Wassernapf zwei Mal am Tag frisch auf und verpasste nicht einmal meinen Tierarztbesuch. Obwohl ich auf den nun wirklich keinen großen Wert legte. Da sie selbst nicht Autofahren konnte, nahmen wir ein Taxi.
„Es geht Mohrle bestens!“, versicherte ihr der junge Tierarzt und wenigstens jetzt sah ich so etwas wie einen Hauch Erleichterung in ihren Augen. „Sie ist zwar nicht mehr die Jüngste, aber für ihr Alter in Topform!“, setzte der gute Mann sogar noch einen drauf. Und angesichts dieser Neuigkeiten fuhren wir leichten Herzens wieder nach Hause. Leider hielt die Freude über meine gute Verfassung bei Hedwig nicht lange an.
Immer wieder ging sie auf die Veranda und setzte sich in ihren Schaukelstuhl. Merkte sie denn nicht, wie kalt es war? Selbst mir war nicht wohl in meinem Fell, wenn ich nach draußen ging. Spaziergänge hatte ich ohnehin eingestellt, seitdem es Jo-

sef so schlecht gegangen war. Nun kam ich gar nicht mehr raus, denn ich wollte Hedwig doch nicht allein lassen! Und nun saß sie selbst in der Kälte. Ich schaute mir das eine Weile an, dann fing es an zu schneien. Unsere Veranda ist nicht überdacht und als die ersten dicken Flocken fielen, wusste ich, dass ich Hedwig irgendwie hinein bekommen musste! Nur wie sollte ich das anstellen? Sie war so tief in ihre Gedanken versunken, dass sie mich kaum mitbekam. Entschlossen sprang ich auf ihren Schoß. Da ich kein Leichtgewicht bin, hoffte ich, sie so wieder in die Realität holen zu können. Doch Hedwig reagierte kaum. Lediglich ihre eiskalte Hand begann mein Köpfchen zu kraulen. Ob ich die Krallen ausfahren sollte? Noch rang ich mit mir, schließlich wollte ich ihr ja nicht wehtun. Doch wenn wir noch lange hier herumsaßen, würden wir uns beide erkälten. Ich mauzte also was meine Kehle hergab, stupste sie immer wieder mit meinem Köpfchen an.
„Na, dir ist wohl kalt?“, reagierte Hedwig endlich. „Du hast Recht, Mohrle, komm, lass uns hineingehen!“
Na, das war doch ein Wort! Ich sprang hoch und mauzte auffordernd weiter.
„Los, Hedwig, komm, drin ist es kuschelig warm!“ Trotzdem dauerte es noch eine ganze Weile, bis sie sich selbst auch hochgerappelt hatte. Drin kam sie gerade mal bis zum Sessel im Wohnzimmer. Dort ließ sie sich hineinfallen und hing weiter ihren trüben Gedanken nach. War ich sonst eigentlich nie erfreut, wenn das Telefon losschrillte, schon weil ich den Ton nicht mochte, so hätte ich nun alles dafür gegeben, wenn sich wenigstens mal jemand verwählt hätte. Doch es klingelte einfach nicht! Ratlos tigerte ich durchs Wohnzimmer und versuchte mit der einen oder anderen Aktion, Hedwigs Aufmerksamkeit auf mich zu lenken. Ich schleppte ihr mei-

ne Spielmaus an, doch sie ließ sie unbeachtet liegen. Dann machte ich mich lautstark an ihrem Strickzeug zu schaffen, etwas, das sie gar nicht mochte, ich allerdings umso mehr. Wenn die bunten Wollknäuel durchs Zimmer rollten, war ich normalerweise nicht zu stoppen, doch auch das ließ Hedwig kalt. Sie schaute nicht einmal auf, als ich mit einem festen Schlag ihr Körbchen zu Boden stieß und alles durchs Zimmer flog. Ich jagte den Wollknäueln hinterher und fing sie wieder ein. Was hatte das sonst immer für einen Spaß gemacht! Nur heute tat es das nicht. Wenn niemand sich dran störte, war es irgendwie nur halb so interessant. Außerdem überwog meine Sorge. Aber welche Möglichkeiten hatte ich denn, Hedwig aufzumuntern? Ich war doch nur eine kleine, nicht mehr ganz so junge Katze! Und ich hätte alles dafür gegeben, Josef zurückzuholen! Aber das konnte ich doch nicht. Mein Blick fiel auf den Globus, der auf dem kleinen Tisch neben dem Ledersofa thronte. Direkt daneben stand ein schönes Bild von Josef. Hedwig musste es dort platziert haben, ich hatte es jedenfalls noch nicht bemerkt. Ob ich? Ich zögerte noch. Doch nachdem Hedwig auf mein Mauzen hin wieder nicht reagierte, wagte ich es. Vorsichtig, schließlich wollte ich das gute Stück ja nicht versehentlich vom Tisch fegen, hob ich meine rechte Vorderpfote und schob sie Richtung Globus.

„Nein, Mohrle, lass das!“, fuhr Hedwig mich nun an. „Du wirst unseren Josef noch umwerfen! Komm her, ich spiele mit dir, ja?“

Na bitte, ging doch! Mit einem Satz war ich bei ihr und wir spielten mit ihrer Wolle.

„Na, das magst du gerne, oder?“, freute sie sich, als ich ihr die Knäuel immer wieder zurückspielte. Mein Nachmittag war gerettet! Und Hedwigs auch. Zumindest für heute.

Dass Weihnachten unmittelbar bevorstand, war mir in der ganzen Aufregung und Deprimiertheit völlig entgangen. Früher war Weihnachten bei uns ein schönes Fest. Josef hatte immer einen riesigen Baum angeschleppt, den ich nicht erklimmen durfte, und Hedwig hatte Stunden damit zugebracht, ihn zu schmücken. Nur für sich und Josef, denn Gäste hatten wir nie. Selbst Carina und Hagen waren nur selten an Weihnachten gekommen, dass sie es auch dieses Jahr nicht konnten, wusste Hedwig. Doch die traute Zweisamkeit mit Josef hatte sie nie gestört, mich schon gar nicht, denn für Hedwig war das kein Grund gewesen, nicht den ganzen Tag zu kochen und zu brutzeln. Allein bei dem Gedanken an die ganzen Leckereien bekam ich Appetit.

Doch auch das war in diesem Jahr anders. Kein Baum, kein Festessen, Hedwig stellte nicht einmal ihre traditionelle Weihnachtskrippe auf. Und mein wildes Spiel mit dem Lametta fiel auch aus. Was für deprimierende Aussichten!

„Wir haben uns und sind damit zufrieden, Mohrle!", verkündete Hedwig stattdessen. Glücklich sah sie dabei aber nicht aus. Zum wer weiß wievielten Mal ärgerte ich mich über meine eingeschränkten Möglichkeiten! Als Katze hat man es in solchen Situationen denkbar schwer. Man will so gerne helfen, doch wirklich etwas tun, konnte ich nicht. Als es dann gestern Nachmittag an der Tür klingelte, waren wir beide überrascht. Noch mehr jedoch, als wir sahen, wer der unangekündigte Besucher war: Tim!

„Hallo, Omi!", begrüßte er Hedwig, die gar nicht wusste, wie ihr geschah, denn Tim war nicht allein gekommen!

„Ich hab mal einen Tannenbaum gekauft, wo soll ich ihn hinstellen?"

Was duftete der Baum herrlich! Nach Wald und frischem Grün,

am liebsten hätte ich es sofort als Spielzeug missbraucht. Aber das wusste Hedwig zu verhindern.

„Ich habe gar nichts eingekauft!“, gestand sie, während sie in Windeseile den Baumschmuck hervorkramte. „Ich wusste doch nicht, dass du kommst, Junge!“ Der Vorwurf in ihrer Stimme war nicht zu überhören, doch Tim lachte ihn weg.

„Dann wäre es doch gar keine Überraschung mehr gewesen, Omi! Schreib auf, was du brauchst, dann fahre ich los. Kann ich Opas Wagen nehmen oder hast du ihn abgemeldet?“

Hedwig schüttelte verdattert den Kopf. „Nein, wir haben nichts abgemeldet, das habe ich total vergessen!“

Also düste Tim los und kaufte tausend leckere Dinge ein. Endlich kam Bewegung ins Haus, sogar Hedwig drehte sich schneller, als ich es ihr zugetraut hätte. Als Tim zurückkam, war jedenfalls der Baum geschmückt und im Ofen waren die ersten Weihnachtsplätzchen der Saison auch schon fast fertig. Es duftete im ganzen Haus nach Zimt und frisch Gebackenem – ja, so gehörte sich das für Weihnachten!

Und heute, am Heiligen Abend, war Tim natürlich immer noch da. Hedwig war schon zeitig auf den Beinen, denn sie musste nachholen, was sie sonst immer schon Tage vorher vorbereitet hatte. Die Gans ausnehmen und anbraten, mir die Innereien zurecht machen und natürlich den Kartoffelsalat anrichten. Sie sauste durchs Haus wie schon lange nicht mehr, während Tim noch einmal wegfuhr.

„Bescherung ist um vier?“, erkundigte er sich vorsichtshalber, was Hedwig einigermaßen irritierte.

„Wenn du willst, dann machen wir es wie immer!“, bestätigte sie, nur um kurz nachdem Tim weggefahren war, wie aufgescheucht durchs Haus zu sausen.

„Ich habe nicht einmal Geschenke besorgt!“, murmelte sie.

„Gut, dass Josef und ich immer was dahaben. Aber wo habe ich es denn nur hingelegt?"
Sie suchte und kramte und ich beobachtete sie dabei. Nach einer Weile kam ein kleiner Karton in einer der Geschenkeschubladen zum Vorschein. Darauf prangte ein kleiner Klebezettel, auf dem Tims Name stand! Immerhin ein Hinweis.
„Ach Josef, wenn ich dich nicht hätte!" Hedwig wischte sich eine Träne aus dem Auge und drehte und wendete das Teil hin und her. Dann sah sie mich an. „Ich habe keine Ahnung, was das ist!", gestand sie. „Hoffentlich weiß der Junge etwas damit anzufangen!" Sie packte den Karton hübsch ein, klebte noch eine dicke blaue Schleife darauf und fertig war Tims Weihnachtsgeschenk. Als sie es ihm gab, war seine Freude riesengroß.
„Ein iPad? Omi, woher wusstest du, dass ich mir das wünsche?", jubelte er und packte ein kleines flaches Scheibchen, kaum größer als die Bücher in Josefs Bücherschrank vorsichtig aus. „Mensch, Omi, das ist doch nicht nötig gewesen! Ich weiß doch, wie teuer so was ist!"
Hedwig schmunzelte, auch wenn ich ahnte, dass sie immer noch nicht wusste, was das Teil eigentlich darstellen sollte, ebenso wenig wie ich übrigens. Dann gab sie zu: „Das hat dein Großvater noch für dich besorgt, Tim."
Tim stand auf und drückte Hedwig fest an sich. „Opa hat sich Sorgen um dich gemacht!", gestand er. „Deshalb hat er mich auch gebeten, dich an Weihnachten nicht allein zu lassen, falls er es bis dahin nicht schafft! Er hat mir sogar das Geld für ein Ticket gegeben!" Tim schluckte schwer und Hedwig kämpfte gegen die Tränen. „Weißt du noch, im Sommer in der Dübener Heide? Da waren Opa und ich doch so oft im Schuppen!"
Hedwig nickte, obwohl sie die Erinnerung sichtlich schmerzte.

„Opa und ich haben für dich einen Fernsehsessel gebaut und ich habe ihn vorhin hergeholt. Weißt du, so einen, der automatisch nach vorn und hinten ausfährt!“
Tim sprang auf und rollte wenig später einen wirklich großen, weinroten Sessel ins Wohnzimmer. Hedwig starrte das Riesenteil genauso fassungslos an wie ich.
„Komm, Omi, setz dich rein!“, verlangte er.
Hedwig tat es zögernd, fand aber schnell Gefallen daran.
„Er hat sogar eine Aufstehhilfe!“, erklärte Tim und drückte auf der dazugehörigen Fernbedienung einen Knopf. Prompt gab der Sessel Hedwig einen Schubs von hinten und sie stand auf.
„Herrlich!“, lachte sie. „Bei meinen alten Knochen genau das Richtige!“
„Doch das ist noch nicht alles!“, setzte Tim noch eins drauf. „Das Beste ist, Opa hat das Teil so umgebaut, dass er auch schaukeln kann. Und ich habe die Elektronik angepasst. Pass auf, setz dich wieder!“, verlangte er. Hedwig tat wie geheißen und plötzlich fing der Sessel an, hin und her zu schaukeln, ganz so, wie Hedwigs Schaukelstuhl auf der Veranda! Genial, unser Tim! Dann musste Hedwig nicht mehr in die Kälte, wenn sie schaukeln wollte! Ich war begeistert. Und Hedwig erst!
„Opa fehlt mir auch!“, gab Tim zu und nahm Hedwig fest in den Arm. „Wusstest du, dass er mit Papa geredet hat? Dass er ihm versucht hat klarzumachen, dass ich vielleicht kein guter Arzt oder Diplomat werde, weil mir das einfach nicht liegt? Papa hat es mir kurz vor meiner Abreise erzählt und dabei betont, dass er mich nie zu was zwingen oder überreden wollte. Und dass er mich bei allem unterstützt, was ich werden will!“
Hedwig sah ihn mit Tränen in den Augen an. Ja, unser Josef war wirklich unschlagbar. Was hatte er alles noch geregelt in

seinen letzten Monaten! Für alle Menschen, die ihm am Herzen lagen.
„Weißt du denn inzwischen, was du werden willst?“, fragte Hedwig.
Und, welch Wunder, Tim nickte begeistert. „Ja, Omi, ich werde Ingenieur! Ich habe mich sogar schon an einer Hochschule eingeschrieben. Im März geht’s los, ein Vorbereitungskurs erst einmal, und im Herbst fange ich dann das Studium an! Und willst du wissen wo?“
Vielleicht ahnte Hedwig es ja, im Gegensatz zu mir, denn sie fiel Tim freudestrahlend um den Hals.
„Wirklich?“, wollte sie wissen und Tim nickte wieder. „Ja, die TU in Merseburg hat mich angenommen! Und wenn ich darf, würde ich gern hier wohnen!“
Was für eine Frage, natürlich durfte er! Die beiden ließen sich gar nicht mehr los. Und dann begannen sie, Tims Einzug zu planen, bis sie vom klingelnden Telefon unterbrochen wurden. Carina, die ihrer Mutter frohe Weihnachten wünschen und wissen wollte, ob Tim auch wohlbehalten angekommen war.
„Ich passe gut auf unseren Jungen auf!“, versprach Hedwig ihr, während Tim sich seinem Weihnachtsgeschenk widmete. Er drückte auf der Vorderseite herum und verschob die kleinen Bildchen darauf. Es war faszinierend zuzusehen, wie sehr ihm das gefiel, auch wenn sich mir der Sinn des Ganzen immer noch nicht erschloss.
Mir wurde es dann irgendwann doch zu langweilig, mit dem bisschen Papier zu spielen, in dem es eingepackt war. Aber es sah auch so aus, als müsste ich mir zumindest heute keine Sorgen mehr um Hedwig machen. Sie hatte ihren Lebensmut wiedergefunden. Dank Tim und dank Josef, der alles für sie arrangiert hatte. Er hatte getan, was er konnte, um sich auch

nach seinem Tod noch, so gut es eben ging, um Hedwig zu kümmern. Den Rest des Weges musste sie nun allein gehen, auch wenn sie ihn wohl immer vermissen würde. Doch, und das habe ich heute gelernt, sie muss ihn nicht ganz allein gehen. Tim ist da. Und ich bin es ja auch.
Ich warf einen letzten Blick auf die beiden, dann entschied ich mich zu einem Weihnachtsspaziergang. Und bitte, hier bin ich.

***

„Oh, das war aber eine traurige Geschichte!“, seufzte ich und warf Mohrle einen fragenden Blick zu. Doch die schaute mich aufmunternd an.
„Ja, es war traurig dieses Jahr, und es war schlimm. Ich werde Josef immer vermissen. Aber ich bin auch sehr froh, dass Tim gekommen ist und sich um Hedwig kümmert. Weißt du, was noch schlimmer war, als Josef zu verlieren?“
„Nein“, sagte ich leise.
„Zu sehen, wie Hedwig jeden Lebensmut verloren hatte!“, gab Mohrle zu. „Meine Möglichkeiten, ihr zu helfen, sind doch begrenzt! Was soll ich denn machen, wenn sie nicht mit mir spielen will, immer nur in ihrem Sessel sitzt und traurig ist? Sie ist auch schon alt! Glaub mir, ich hatte große Angst, dass sie auch stirbt!“
„Aber, aber, warum denn jetzt so deprimiert!“, mischte sich Hugo ein. „Deine Hedwig hat Weihnachtsbesuch bekommen. Tim wird sie aufmuntern, und wenn er erst mal bei euch wohnt, dann kommt auch wieder Leben ins Haus!“
„Ja, aber Josef wird ihr trotzdem immer fehlen!“, erinnerte ich Hugo und hoffte auf ein bisschen mehr Taktgefühl.

„Ich habe zwar keine Ahnung, wie störend ein Baby so ist“, sagte Mohrle zu mir, „aber glaub mir, es ist allemal besser, es kommt jemand in die Familie hinzu, als wenn jemand stirbt!“

„Stimmt!“, gab ich ihr Recht und überlegte zum ersten Mal eigentlich ernsthaft, ob mich Lukas wirklich störte.

„Ich lebe mit Kindern zusammen!“, sagte Tamy. „Glaub mir, sie spielen tolle Spiele mit dir, wenn sie erst mal alt genug sind!“

„Ja, und wenn du nicht mit ihm spielen kannst oder willst, dann geh doch öfter raus!“, schlug Paula vor. „Ich kann dich auch gern mal mitnehmen auf die Polizeistation. Ich bin sicher, Caroline würde dir gefallen.“

„Das ist überhaupt die Lösung!“, schnurrte mir Ernesto zu. „Du gehst einfach öfter raus! Glaub mir, ein Theater ist ein unglaublich inspirierender Ort. Was sich da für Leute herumtreiben, meine liebe Molly, du würdest Augen machen!“

„Ich will aber erst mal nach Hause!“, flüsterte ich gerührt angesichts der vielen Vorschläge.

„Ach was, du machst dir umsonst Sorgen!“, behauptete Hugo. „Sie lieben dich! Komm, Molly, wir gehen jetzt nach Hause!“

Ich seufzte und rang mit mir.

„Los, Molly, stell dich nicht so an!“, mauzte Paula. „Ich für meinen Teil gehe jetzt noch mal auf dem Polizeirevier nach dem Rechten sehen! Wisst ihr, im letzten Jahr ging da nach Mitternacht noch so richtig die Post ab! Wenn die Leute zu viel Weihnachtspunsch genascht haben, wie Caroline immer sagt, dann wird es richtig turbulent! Das will ich auf keinen Fall verpassen!“

Tamy und Ernesto warfen mir aufmunternde Blicke zu. „Geh nach Hause, Molly!“, rieten sie. „Du wirst sehen, alles wird gut!“

„Ja, und wenn nicht, das Polizeirevier ist nicht schwer zu finden!“, mischte sich Paula noch einmal ein. „Du musst von hier aus nur die Turmstraße nach unten marschieren, immer an den alten Häusern mit Vorgarten entlang. Dann über die Mauer zur Wagnerstraße und quer durch den Park. Auf der anderen Seite vorsichtig über die Straße huschen, aber das ist kein Problem, heute fahren nicht so viele Autos dort lang und um diese Uhrzeit gleich gar nicht, und dann links und dann bist du da. Caroline hat bestimmt auch für dich ein paar Streicheleinheiten übrig, ich bin da nicht eifersüchtig!“

Gerührt wusste ich gar nicht, was ich sagen sollte! Aber noch ehe mir etwas Passendes einfiel, platzte ein kleiner graugetigerter Kater in unsere Verabschiedungszeremonie.

„Hey, ihr seid noch da, das ist ja super!“, mauzte er ganz außer Atem und ließ sich spontan neben Paula nieder.

„Igitt, wie riechst du denn?“, fauchte sie, dann erhob sie sich und marschierte erhobenen Hauptes zu mir herüber.

„Irgendwie angebrannt!“, stellte Hugo sachlich fest und rückte auch näher an mich heran. Nun roch ich es auch.

„Hat dir jemand das Fell angezündet?“, fragte Tamy, blieb aber, wo sie war. Eine so familienerprobte Katze wie sie ließ sich nicht einmal von ein bisschen Brandgeruch aus der Ruhe bringen.

„Also, Leute, ihr ahnt gar nicht, was ich gerade erlebt habe!“, sagte der kleine Kater und wurde sofort von Hugo unterbrochen.

„Molly, das ist übrigens Kasimir, dem wohl der Brandgestank die Sinne so vernebelt hat, dass ihm sämtliche Umgangsformen entfallen sind!“

Kasimir schaute mich schuldbewusst an. „Tut mir leid, stimmt, wir sind uns noch gar nicht vorgestellt worden!“ Er sprang auf und war schneller neben mir, als ich hätte weglaufen können. Dann stupste er mich liebevoll mit der Nase an. Oh ja, er stank wirklich gewaltig!

„Du bist neu, aber ich mag dich!“, verkündete er. „Du meckerst mich wenigstens nicht gleich an. Willst du wissen, warum ich so dearrangiert bin?“

„Los, erzähl schon, Kasimir“, verlangte Tamy, „sonst kommen wir alle hier heute gar nicht mehr weg!“

„Okay, Leute, aber ich sage euch, ihr werdet es kaum glauben! Ich sage nur eins: Menschen!“

Hilfe – Feuerwehr!

Kasimir erzählt

Um es vorweg zu sagen, ich bin ein Streuner! Einer dieser freiheitsliebenden, rebellischen Kater, die sich niemals dauerhaft von Menschen domestizieren lassen würden. Ich bin schon auf der Straße geboren, von einer freien Katze, die sich, kaum dass ich auf eigenen Pfoten stehen konnte, aus dem Staub gemacht hat! Und meist komme ich allein auch sehr gut zurecht, es gibt schließlich genügend Möglichkeiten, wie man in unserer schönen Stadt prima über die Runden kommt: Futterstellen, Mäuse und tierliebe Menschen, die einem immer mal ein Leckerchen zustecken. Jedenfalls musste ich in meinem ganzen Leben noch keinen einzigen Tag hungern, auch wenn ich nicht besonders wohlgenährt aussehe.
Und obwohl ich gern frei und für mich allein bin, so gibt es doch Ausnahmen. Feiertage nämlich verbringe ich grundsätzlich bei Dieter in der Feuerwache! Dort sind neben Dieter noch andere nette Männer, und sie alle vermissen an solchen speziellen Tagen ihre Familien, so viel habe selbst ich als Kater schon mitbekommen. Und weil sie dann immer in einer ganz besonderen Stimmung sind, haben sie mich ernsthaft in ihr Herz geschlossen. Vor allem Dieter!
„Na, Kasimir, zieht's dich an Weihnachten zu uns?", hatte er mich begrüßt, als ich vorhin in der Feuerwache vorbei schaute. Dass Dieter da sein würde, wusste ich natürlich, schließ-

lich schnappte ich immer alles auf, was für mich einigermaßen interessant sein konnte. Häppchen zum Beispiel oder Dienstpläne. Reine Gewohnheit, wenn man auf der Straße lebt.
Die meisten Herren der Feuerwache, und es sind ausschließlich Männer, die dort ihren Dienst versehen, sind im Gegensatz zu mir nicht mehr so ganz taufrisch, ich will damit sagen, sie bewegen sich mit großen Schritten auf den Ruhestand zu. Und sie versehen ihren Dienst seit Jahrzehnten. Mit Erfolg, denn sie hatten, anders als die Feuerwache Nord mit denen sie auf eine sich mir nicht ganz erschließende Art und Weise in Konkurrenz stehen, noch nie einen Verlust zu beklagen. Aber was macht es im Grunde auch schon, wenn ein Feuerwehrauto im Straßengraben vor einem Baum landet, solange niemand verletzt wird, nicht wahr? Dieter jedenfalls verbot seinen Kollegen über den Unglücksraben der Feuerwache Nord zu spotten, der vorgestern genau das bewerkstelligt hatte. Und dabei war es wohl noch nicht einmal während eines Großeinsatzes passiert, wie ich gehört hatte. Eher auf einer gemütlichen Übungsfahrt!
„Das kann uns auch passieren!“, mahnte Dieter, dem das Getuschel schnell zu viel wurde. Und erntete Gelächter. Vor allem von Anton, seinem besten Kumpel.
„Nein, uns passiert das nicht, wir können nämlich fahren!“, stellte der klar. Und so waren wir schon wieder drin im schönsten Nachmittagsgeplänkel. Bei meinen Feuerwehrmännern ist eben immer etwas los und genau deshalb bin ich dort auch so gerne. Sie tratschten, wie nur Männer es können, und aßen und tranken dabei. Und selbstverständlich fiel dem einen oder anderen auch immer mal was aus der Hand, meist direkt vor meine Nase! Wurstzipfel zum Beispiel, die mochte ich besonders gerne. Oder auch Fischstückchen! Der Heringssalat

von Gisela, Dieters Frau, ist legendär, alle Kumpel der Wache lieben ihn. Und Gisela liebt ihren Dieter. So sehr, dass sie für alle seine Kollegen Heringssalat macht. Und für mich gibt sie immer Fischstückchen mit. Die füllt mir dann Dieter in einen speziellen Napf und stellt sie für mich bereit.

„Damit du auch ein schönes Weihnachtsmenü hast, mein kleiner Freund!“, brummte er. Gefühle zuzugeben lag ihm nicht besonders, wie vielen Männern eben, aber wir waren ja unter uns.

Kaum hatten die Männer ihren Heringssalat verspeist und ich meinen Fisch, ging es auch schon los! Ein Notruf aus dem Altenheim. Was war das aufregend! Wenn die Alarmglocken losschrillen, setzen sich die Männer automatisch in Gang, sie springen hoch, lassen alles stehen und liegen und das, noch bevor sie überhaupt wissen, was passiert ist. Das nennen sie dann immer Feuerwehrreflex. Ich dagegen sah zu, dass ich ihnen nicht in die Quere kam, denn das konnte böse Folgen haben. Aber ich war Derartiges ja schon gewohnt. Mit einem Satz rettete ich mich unter den Schemel neben dem Fenster, und es dauerte auch nicht lange, da kamen Dieter und Anton auch schon wieder zurück.

„Paul und Rüdiger sind mit zwei Einsatzwagen losgefahren, das reicht. Eine Heizdecke hat zu qualmen angefangen, da brauchen wir nicht alle loszudüsen. Ist ja kein Großbrand!“, erklärte er den anderen. Viele der jüngeren Kumpel zogen sich wieder zurück, während Dieter und Anton mir im Aufenthaltsraum Gesellschaft leisteten.

„Schade, uns fehlt ein dritter Mann zum Skatspielen!“, bedauerte Anton und warf mir, ich war inzwischen wieder unter dem Schemel hervorgekrochen, einen fragenden Blick zu. „Na, Kasimir, kannst du Skat spielen?“

Es kommt nicht besonders oft vor, dass ich direkt angesprochen werde, schon gar nicht mit solch direkten Aufforderungen. Bedauernd miezte ich zurück, dass ich leider keine Ahnung davon hatte. Aber darauf war Anton natürlich auch schon allein gekommen.
„Okay, dann also kein Skat!“, stellte er fest und legte den Stapel Kärtchen, den er in der Hand hatte, beiseite.
„Sag mal, was soll das eigentlich mit dem Baum da draußen?“, fragte Dieter und deutete Richtung Garage. „Ich meine, brauchst du den nicht daheim? Ist schließlich ein Weihnachtsbaum!“
Anton lachte. „Ja, ich weiß, hast du dir das Teil mal angeguckt? Elli fällt auf der Stelle um, wenn ich ihr so etwas anschleppe!“
„Und warum hast du das Ding dann gekauft?“, fragte Dieter kopfschüttelnd.
„Ich habe ihn nicht gekauft, Dieter, warte du erst mal ab, bis du Opa bist! Den Baum hat Sophie ausgesucht, meine Enkeltochter!“
„Ist die nicht erst vier?“, fragte Dieter überrascht.
Anton nickte. „Ja, sie ist vier. Und sie waren mit ihrer Kindergartengruppe irgendwo, wo es Weihnachtsbäume gab. Vor ziemlich genau zwei Wochen. Und der Verkäufer hat diesen Baum beiseite gestellt und gesagt, er ist so hässlich, dass ihn niemand haben will ...“
Dieter lachte schallend. „Ach ja, der liebe Opa musste helfen!“
Anton grinste. „Na klar, wer sonst? Als ich sie aus dem Kindergarten abgeholt habe, hat sie mir von dem armen, traurigen Weihnachtsbaum erzählt, den keiner haben will. Du, ich sage dir, die Kleine hat fast geweint!“
„Und Opa hat sich erbarmt und das gute Stück gekauft!“, vermutete Dieter.

„Genau!“, bestätigte Anton. „Aber weil das Teil wirklich unmöglich aussieht, mickerig und windschief, dazu viel zu klein und breit, konnte ich ihn ja schlecht Elli andrehen.“
„Aber Elli liebt Sophie doch ebenfalls abgöttisch!“, warf Dieter ein.
„Schon!“, gab Anton zu. „Allerdings kennst du Elli, ihr Weihnachtsfimmel ist legendär! Bei aller Liebe zu Sophie würde sie so ein Ding niemals als Weihnachtsbaum akzeptieren, nicht mal, wenn ich ihn auf dem Balkon aufgestellt hätte. Also habe ich Sophie gesagt, ich nehme ihn mit hierher, denn wenn Opa an Heiligabend arbeiten muss, dann will er ja auch einen Weihnachtsbaum haben. Und weil sie ihn ausgesucht hat, ist er auch etwas ganz Besonderes!“
„Und warum steht er dann so lieblos da draußen rum?“, fragte Dieter dann. „Nein, mal ernsthaft, Anton, wir sollten ihn aufstellen! Was zum Schmücken und Herausputzen haben wir ja da und dann kannst du ein Foto davon machen und es morgen Sophie zeigen! Das wird sie beeindrucken!“
Anton kratzte sich nachdenklich am Kinn. „Klar, daran hatte ich auch schon gedacht, aber meinst du wirklich? Der Baum ist wirklich keine Augenweide!“
„Ist doch egal!“, versicherte ihm Dieter. „Komm, lass uns anfangen, bevor es hektisch wird!“
Ich hatte dem fasziniert gelauscht. Ja, die Tanne hatte ich draußen gesehen, aber ich wusste natürlich nicht, was es damit auf sich hat. Und was ein richtiger Weihnachtsbaum war, wusste selbst ich. Hatten doch viele Menschen ihre Bäume in Vorgärten geschmückt oder auf den Balkon gestellt. So hatten selbst Streuner wie ich von diesem Weihnachtsbrauch eine gewisse Vorstellung. Es dauerte nicht lange und Anton und Dieter hievten die Tanne in den Aufenthaltsraum.

„Falk, Stefan, Theo – könnt ihr uns mal helfen?", rief Dieter den drei Jungs zu, die im hinteren Teil an ihren Telefonen herumspielten. „Los, ihr könnt nachher eure Mails checken oder Fotos twittern, jetzt werden hier mal ein paar starke Kerle gebraucht!"

Ohne Fragen zu stellen, kamen die drei angelaufen. Sie waren viel jünger als Anton und Dieter, hätten locker deren Söhne sein können, und genauso behandelte Dieter sie auch, sparte für gewöhnlich nicht mit gut gemeinten, väterlichen Ratschlägen.

„Nein, der muss noch weiter in die Ecke!", dirigierte er Stefan weiter nach hinten. Ich brachte mich lieber in Sicherheit und riskierte einen vorsichtigen Blick. Also, eine Schönheit war dieser Baum nun wahrlich nicht. Aber so hässlich, dass man deswegen nun gleich in Ohnmacht fallen musste, wie Anton das bei seiner Elli befürchtete, nun auch nicht. Er war ganz so, wie Anton sagte: Untenherum ein bisschen zu ausladend und nach oben hin war er mit Zweigen sehr sparsam ausgestattet. Dazu war die Spitze krumm und viel zu lang.

„Oh Mann, wo kommt der denn her?", prustete Theo los. „So einen hässlichen Baum habe ich ja noch nie gesehen. Darf man so was überhaupt verkaufen?"

Falk und Stefan standen nun ebenfalls kichernd und grinsend vor dem aufgestellten Baum und überragten ihn um einiges.

„Und recht klein ist er auch noch!", stellte Falk überflüssigerweise fest.

„Vielleicht sollten wir ihn einfach auf den Schemel da stellen?", schlug Theo nun vor.

„Nein!", mauzte ich entschieden. „Das ist doch mein Versteck!"

Doch mein Protest wurde nicht gehört. Oder nicht als solcher verstanden, denn mein Dieter schnappte sich nun meinen

Schemel, platzierte den Baum darauf und schob ihn in die Ecke.
Skeptisch betrachtete ich mir die Angelegenheit. Na ja, da drunter war noch genügend Platz für mich, andererseits musste ich schon recht vorsichtig sein, wenn ich mich in der Hektik, die nachher ganz gewiss ausbrechen würde, darunter flüchtete. Nicht, dass das gute Stück am Ende noch zu Boden fiel, im schlimmsten Fall auf mich drauf! Inzwischen begannen die Jungs den Baum zu schmücken. Mit Lametta und Kugeln und Kerzen.
„Haben wir keine ordentliche Lichterkette?", fragte Anton, als Falk anfing, kleine weiße Kerzen mit Klebstoff an den Zweigen zu befestigen.
„Keine Ahnung, solange bin ich noch nicht dabei! Ich meine, wenn ich gewusst hätte, dass wir hier einen Baum schmücken, dann hätte ich eine Lichterkette mitgebracht, daheim habe ich genug davon. Aber jetzt ist es zu spät, um loszufahren!"
„Ach was, das geht schon!", stellte Dieter fest. „Wir zünden sie ja nicht an! Offenes Feuer ist hier ohnehin verboten, wisst ihr doch. Und die Bastelei da muss ja nicht lange halten! Nur für ein Foto und vielleicht noch für den Rest des Tages."
„Hey, guckt mal, was ich hier habe!" Theo schwenkte triumphierend eine Schnur mit kleinen weißen Dingern dran. „Eine Lichterkette! Lag unten bei dem Osterkram. Und sie geht sogar!"
„Na bitte!", freute sich Falk und stellte seine Klebeaktion prompt ein. „Dann gib das Ding mal her!"
In Windeseile schlang er die Schnur um die Äste, knipste hier und da eines der komischen Dinger dran und steckte danach den Stecker in die Steckdose. Nach einem kurzen Aufflackern erstrahlten alle kleine Kunstkerzen in hellem Licht.

„Ah ja, das sieht doch aus wie ein richtiger Weihnachtsbaum!“, freute sich Anton und trat einen Meter zurück und mir damit fast auf die Pfoten. Schnell hopste ich zur Seite.
„Er ist zwar immer noch der hässlichste Baum, den ich je gesehen habe, aber er sieht nun wenigstens aus wie ein Weihnachtsbaum! Und ehe er verkommt ...“
„Los, stellt euch alle drunter, dann mache ich ein Foto und stelle es bei Twitter ein!“, verlangte Stefan.
„Schön, ich brauch aber auch eins, für Sophie!“, stellte Anton klar, als das Gruppenfoto im Kasten war. Dann fiel sein Blick auf mich.
„Komm, Kasimir, du kommst mit aufs Foto! Sophie liebt Tiere!“
Stolz erhobenen Hauptes marschierte ich zu Anton, der mich zur Feier des Tages sogar auf den Arm nahm. Dann machte Dieter ein paar Fotos und ließ sich zum Schluss auch noch mit mir und dem Weihnachtsbaum fotografieren.
„Ein Foto für Gisela!“, raunte er mir zu. „Sie schimpft immer, dass sie dich noch nie gesehen hat!“
Nach dem Foto gab es noch Streicheleinheiten von Dieter und den Jungs, denn plötzlich wollten alle ein Bild mit mir auf dem Arm haben! Und weil sie mich immer so lieb verwöhnten, erfüllte ich ihnen diesen Wunsch sogar.
„Vielleicht sollten wir dem Kleinen einen lustigen Hut aufsetzen?“, schlug Falk vor und sah sich suchend um.
„Wisst ihr, wie in der Werbung!“
Na der hatte vielleicht Ideen! Für mich war das jedenfalls das Signal zum Rückzug. Ich war zwar dankbar für die Leckereien, die sie mir anboten und auch dafür, hier drin bei ihnen statt draußen in der Kälte sein zu dürfen, aber das ging eindeutig zu weit. Zum Glück ging Dieter dazwischen und beendete die Suche nach etwas, was sich als Kopfbedeckung für mich

eignen könnte, mit seinem Ruf an die Kaffeetafel. Just in dem Moment kamen auch Paul und Rüdiger und mit ihnen die Mannschaft von zwei Löschzügen zurück.

„Hey, wir haben einen Weihnachtsbaum!“, staunte Paul und ließ sich polternd auf einem Stuhl nieder.

„Ja, und einen Christstollen haben wir auch. Genauso wie Weihnachtsplätzchen! Also ehrlich, das war ganz schön mühselig, den ganzen alten Herrschaften zu entkommen!“, lachte er und stellte eine Dose mit Keksen auf den Tisch.

„Nachdem klar war, dass kein Großfeuer ausgebrochen war, machten die Bewohner nämlich mit ihrer Weihnachtsfeier weiter und glaubt mir, die hätten uns am liebsten dabehalten!“

„Ja, die kleine weißhaarige Dame, die dir die Kekse in die Hand gedrückt hatte, man, die sagte, sie wird im Januar hundert!“, berichtete Rüdiger lachend. „Hey, die war noch richtig fit im Kopf und gut zu Fuß! Also wenn ich mit fast hundert noch so drauf bin, dann werde ich gerne auch zweihundert!“

Die Lacher hatte er damit auf seiner Seite. Anton hatte sich derweilen an meinem Napf zu schaffen gemacht.

„Hier, Wurststückchen mein Freund!“, sagte er und schob mir das Teil hin. „Nicht, dass du noch glaubst, dass nur Dieter an dich denkt. Auch meine Elli hat ein großes Herz, selbst wenn es für hässliche Weihnachtsbäume nicht groß genug ist. Aber ein kleiner Kater wie du passt da locker rein!“

Hm, roch das lecker! Ich näherte mich vorsichtig der Weihnachtstafel, aber keiner der Jungs hatte nun noch Unsinn im Kopf. Sie plauderten von ihren Familien und erzählten sich lustige Geschichten von kuriosen Einsätzen! Ich spitzte also meine Ohren, während ich mir die Wurst schmecken ließ.

„Wisst ihr noch, vor zwei Jahren,“, fing Dieter an, „als am ersten Weihnachtstag eine Katze einen Großeinsatz auslöste?“

Anton schlug sich lachend auf die Oberschenkel und warf mir einen verschwörerischen Seitenblick zu.

„Klar doch, wir sind wegen eines Notfalls gerufen worden, weil eine junge Frau ihre Katze vermisste! Eigentlich kein großes Ding, wir dachten, das liebe Tierchen hat sich aufs Hausdach verzogen, aber nein, als wir ankamen, saß die junge Frau auf dem Baum vor dem Haus, die Katze auf dem Schornstein und keiner von beiden kam wieder runter!"

Das Gelächter ließ mein Trommelfell erzittern, und ich fragte mich besorgt, was Menschen dazu veranlasst, auf einen Baum zu klettern. Die konnten das doch nicht mal ansatzweise so gut wie Katzen!

„Auf jeden Fall drohte der Baum dann noch abzuknicken, außerdem stand er so blöd im Vorgarten, dass wir mit der Drehleiter nicht rankamen!", erzählte Dieter lachend weiter.

„Ja, und die Nachbarn hatten in der Zwischenzeit einen Krankenwagen gerufen und die Tiernotrettung, weil sie das Schlimmste befürchteten!", fügte Anton hinzu und griff sich noch einen Keks. „Ein Großaufgebot stand also bereit, inklusive zweier unserer Löschzüge! Und dabei hat's nicht mal gebrannt!"

„Und wie habt ihr die beiden da runtergeholt?", fragte Falk atemlos.

„Na ganz einfach!", schmunzelte Dieter und warf Paul einen vielsagenden Blick zu. „Unser Freund Paul ist durchs Schlafzimmerfenster des Hauses erst auf die Veranda geklettert, von dort aus aufs Dach und hat sich dann zum Baum hin abgeseilt."

„Ja, und in dem Moment ist der Baum ins Wanken geraten, die junge Frau schwankte und ich bekam sie zu fassen! Zum Glück war es ein Flachdach, sodass sie draufspringen konnte.

Nur ihre Katze ist natürlich prompt getürmt! Immerhin nach unten, wo die Nachbarin sie einfangen konnte!", erzählte Paul seine Heldentat zu Ende.
Alles lachte und während Dieter sich darüber ausließ, dass es definitiv keine gute Idee sei, sich kurz vor Weihnachten eine Katze aus dem Tierheim ins Haus zu holen und gleich auszuprobieren, ob sie allein wieder nach Hause findet, noch dazu, wenn es eine ganz kleine Katze ist, schrillte der Alarm los. Und ich machte reflexartig einen Satz unter meinen Schemel, um den Füßen auszuweichen. Doch da war ja gar kein Schemel mehr! Verdattert saß ich neben der Tür, während die Jungs in einem Tempo an mir vorbeistoben, bei dem es besser war, ihnen nicht zwischen die Füße zu gelangen. Unten lärmten die Jungs weiter und niemand hatte bislang den Alarm abgestellt. Es war ein Trampeln und Schrillen, mir schwirrte der Kopf, so laut war das. Und dann roch ich es: Qualm! Erst ganz leicht, dann immer heftiger werdend. Und dann wurde es plötzlich dunkler! Was war das denn? Ich hob vorsichtig meinen Kopf und sah es: Die Lichter am Weihnachtsbaum waren ausgegangen – kein gutes Zeichen, sagte mir mein Instinkt. Trotzdem war kein Feuer zu sehen, dafür wurde der Geruch penetranter. Und je näher ich dem Weihnachtsbaum kam, desto schlimmer wurde es! Es stank bestialisch, nach verbranntem Plastik, wie ich es manchmal draußen an einer dieser Tonnen riechen musste. Hier stimmte ganz eindeutig etwas nicht. Plötzlich hörte ich ein leises Zischen. Geriet da etwa gerade einer der windschiefen Äste in Brand? Oh je, ein Brand, direkt hier im Aufenthaltsraum! Nun heulte es auch noch über mir auf – was für ein Desaster! Ich schaute nach oben, ja der Lärm kam aus dem kleinen Ding an der Decke, ging nur leider im Alarmsignal, dass immer noch niemand abgestellt hatte, unter! Ein

Feuer, wurde mir plötzlich klar, der Weihnachtsbaum drohte in Flammen aufzugehen.

„Hilfe!“, miaute ich, doch noch übertönte der Lärm der Männer unten an ihren Einsatzwagen meine Stimme. Verflixt, ich musste doch etwas tun! Entsetzt sah ich, wie einer der trockenen Äste nun bereits glimmte. Nun wurde es richtig gefährlich! Ich mauzte lauter und lauter, doch niemand hörte mich. Dann hörte ich, dass sich ein Löschzug in Bewegung setzte und der Alarm endlich abgestellt wurde. Ein Löschzug, kombinierte ich blitzschnell, das hieß, die anderen Jungs waren noch da unten! Ohne nachzudenken, sprang ich zur Tür und dann so schnell mich meine zitternden Pfoten trugen nach unten. Dieter würde wissen, was zu tun ist! Ich sauste zu ihm und sprang, ganz entgegen meiner sonstigen Angewohnheiten, an ihm hoch.

„Hey, Kasimir, was ist denn mit dir los?“, reagierte er. Ich mauzte und mauzte, krallte mich in sein Hosenbein und biss in seine Schnürsenkel.

„Du, der will dir was sagen!“, lachte Anton, der nun auf uns aufmerksam wurde.

Ich mauzte wieder. Da stand ich nun inmitten einer Feuerwache, und die Jungs merkten nicht einmal, wenn über ihnen ein Brand ausbrach! Obwohl ich schon fast am Ende meiner Kräfte war, mauzte ich weiter, lief Richtung Aufenthaltsraum, rannte wieder zurück und fauchte so laut ich nur konnte. Dann endlich, nach einer gefühlten Ewigkeit, setzte sich Dieter in Bewegung.

„Hört ihr das auch? Ist das unser Feuermelder oben? Ich gehe mal nachsehen!“, sagte er und folgte mir endlich nach oben! Dort war inzwischen zum Glück nicht die Hölle ausgebrochen. Der abgeknickte Ast hatte zwar schon einen weiteren in Brand gesetzt, allerdings schlugen uns keine Flammen entgegen. Es qualmte nur ganz fürchterlich und stank grauenhaft. „Einen Feuerlöscher, aber dalli!“, rief Dieter und schnappte sich eine Decke. Die warf er auf den am Boden liegenden Ast und löschte damit diesen Brandherd schon mal aus. Dann ging alles blitzschnell. Innerhalb weniger Sekunden standen Anton, Rüdiger und Falk mit jeweils einem Feuerlöscher hinter Dieter und verwandelten den qualmenden Weihnachtsbaum in ein Schaumgebilde.

„Puh, das war knapp!“, sagte Dieter und besah sich den Schaden an der Gardine, die der Ast auch bereits in Brand gesetzt hatte. „Die können wir wohl wegschmeißen!“

„Uns hätte hier die ganze Bude abfackeln können, und keiner hätte es gemerkt!“ Falk sah richtig verstört aus. „Die Lichterkette muss wohl einen Kabelbrand verursacht haben, das erklärt auch den Qualm! Dass ausgerechnet uns das passiert! Wo wir den Leuten doch immer predigen, dass sie nicht jeden Mist an ihrem Baum anzünden sollen!“

„Beruhig dich wieder!“, sagte Anton und klopfte Falk beruhigend auf die Schulter. „Ist ja noch mal gut ausgegangen! Und das beweist nur, dass es jedem passieren kann. Jeder muss eben vorsichtig sein, auch wir!“

Mit einem festen Griff nahm Dieter mich nun auf den Arm. „Gut, dass du aufgepasst hast, Kasimir! Damit haben wir eine Katastrophe verhindert!“

„Ja, stellt euch nur mal die Schlagzeile vor: Feuerwehr Süd von Brand in den eigenen Räumen zerstört!“, Falk ging das sichtlich nahe.

„Los, entsorgt den Baum!“, riss Dieter das Kommando wieder an sich. Und zwar ohne mich loszulassen. „Das Ding muss verschwinden, dann wird gelüftet. Und natürlich erzählt keiner von euch auch nur ein Sterbenswort davon!", ermahnte er seine Kollegen. „Die Jungs von der Nordwache lachen sonst noch in hundert Jahren über uns! Und ab sofort sind Lichterketten hier verboten!"

Keiner widersprach, stattdessen gelobten alle, ihren Mund zu halten. Ich ergriff erst mal die Flucht. Beim Aufräumen wollte ich nicht auch noch zusehen, mein Bedarf an Abenteuern war für heute gedeckt. Außerdem, so sagte mir das Schlagen der Kirchturmuhr, war ich ohnehin schon viel zu spät dran! Und mit dem guten Gefühl, meinem Dieter einen Weihnachtsdienst erwiesen zu haben, machte ich mich in Richtung Klostergarten davon. Wo ich meinen Freunden heute eine Geschichte zu erzählen habe, die sie kaum glauben werden!

***

Nachdem Kasimir seine Geschichte beendet hatte, schnüffelte er an sich herum.

„Stinke ich wirklich so arg?", wollte er wissen.

Nun, nachdem alle gehört hatten, was ihm passiert war, war die Kritik schon deutlich abgeschwächter.

„Das geht wieder weg!", versicherte ihm Tamy. „Am besten wälzt du dich nachher ein bisschen herum, das hilft", riet sie ihm.

„Das Wichtigste ist doch, dass niemandem etwas passiert ist!", bestätigte nun auch Ernesto und rückte sogar wieder ein Stückchen näher an Kasimir heran. „Ich meine, du hast einen Brand verhindert, das ist doch was! Da darfst du auch ein bisschen müffeln!"

Aus seinem Mund klang das wie eine Auszeichnung.

„Siehst du, Molly!", sagte Paula zu mir, „Die Menschen schaf-

fen es auch ganz allein, richtig Unsinn zu bauen. Gerade die, die es am besten wissen sollten! Und sie sind am Ende heilfroh, wenn das nicht publik wird. Also solltest du dir wirklich keine solchen Gedanken machen! Deine Janina und ihr Alexander haben sicher auch schon mal so richtig Mist gebaut und sind heilfroh, dass es ihnen nicht dauerhaft übel genommen wurde! Also geh jetzt nach Hause, los!"
„Genau!", bestätigte Hugo. „Das ist das Stichwort – wir sollten jetzt wirklich aufbrechen! Oder vermissen wir noch jemanden?"
„Nein, eigentlich nicht!", stellte Paula klar. „Nachdem unser Kasimir ja doch noch aufgetaucht ist, sind wir vollständig!"
„Ihr habt mich schon vermisst?", wollte dieser nun wissen.
„Aber natürlich!", behauptete Hugo im Brustton der Überzeugung. „Wir vermissen dich immer, Kasimir!"
Der kleine Graugetigerte glaubte es schließlich, und Hugo raunte mir zu: „Natürlich haben wir ihn nicht vermisst, er kommt schließlich nur selten vorbei. Aber das muss er heute nicht wissen! Er hatte einen aufregenden Tag. Denn wie wir alle fürchtet er sich vor nichts mehr als vor Feuer! Eine grauenhafte Erfahrung, wirklich."
Dass Hugo so rücksichtsvoll sein konnte, machte ihn für mich noch liebenswürdiger. Dann schlug die nahe Kirchturmuhr an.
„Oh, Mitternacht!", stellte Hugo fest. „Jetzt sollten wir aber wirklich aufbrechen. Es war schön, euch alle wiedergesehen zu haben!"
Er erhob sich und mit ihm alle anderen. Nur ich wäre am liebsten sitzen geblieben. Die letzten Stunden hatten mir einiges klar gemacht, doch die wichtigste Frage von allen, war nicht beantwortet.
„Habe ich denn noch ein Zuhause?", fragte ich Hugo leise,

der an meiner Seite blieb. „Egal was ich mir für die Zukunft vorgenommen habe, dass was geschehen ist, kann ich ja nicht rückgängig machen!"
„Natürlich!", stellte er nüchtern fest. „Außerdem kannst du doch jederzeit wieder mitkommen! Und wenn du willst, zeige ich dir noch andere tolle Sachen! Du brauchst unbedingt Ablenkung! Wenn du dein Bedürfnis nach Aufmerksamkeit woanders stillst, dann verträgst du es auch leichter, dass sich bei deiner Janina im Moment alles um das Baby dreht. Weißt du, anders als Katzenbabys, wachsen Menschen halt recht langsam. Es dauert eine gefühlte Ewigkeit, bis sie alleine laufen und essen können. Und noch viel länger als ein Katzenleben, bis sie irgendwann mal aus dem Haus sind! Also arrangiere dich mit dem Zwerg!"
Ich spürte instinktiv, dass Hugo Recht hatte. Ja, ich brauchte neue Kontakte, so viel stand fest, denn Janina und Alexander würden auch künftig in erster Linie für Lukas da sein. Und den kleinen Zwerg, so viel war auch klar, konnte ich mir ja so heranziehen, wie ich es wollte. Mein Vorteil, schließlich war ich zuerst da. Trotzdem wurde ich immer langsamer, je näher wir unserem Zuhause kamen.
„Hey, jetzt reicht es aber!", fuhr mich Hugo an, als er mir zeigte, wie ich den Baum von unten besteigen konnte. „Du wirst sehen, alles wird gut!"
„Und wenn ich jetzt nicht mehr reinkomme?", fragte ich leise und erinnerte mich mit Schrecken an das Durcheinander, das ich hinterlassen hatte: Der umgefallene Baum, die zerborstenen Kugeln und die erschreckten Schreie dröhnten mir plötzlich wieder in den Ohren.
„Wenn sie dich wirklich nicht mehr reinlassen, kommst du vorläufig mit zu mir. Keine Angst, Molly, wir sind Freunde und Freunde lassen einander nicht im Stich!"

Dann waren wir angekommen. Unsere Wohnung lag still im Dunkeln. Mit einem Satz landete ich auf dem Balkon.
„Los, Molly, trau dich!“, feuerte mich Hugo von der Kastanie aus an.
Vorsichtig hob ich den Kopf und drückte mit der Vorderpfote gegen die Balkontür. Und das Wunder geschah! Sie ließ sich öffnen!
„Ich kann rein!“, jubelte ich Hugo zu. „Sie haben mich nicht ausgesperrt!“ Ich konnte mein Glück selbst kaum fassen. Mein schlimmster Albtraum war nicht wahr geworden! Am liebsten hätte ich vor Freude Purzelbäume geschlagen. Mein Zuhause lag offen und erreichbar vor mir. Ich hatte wirklich schon nicht mehr damit gerechnet.
„Na siehst du!“, freute sich Hugo mit mir. „Ich schaue morgen bei dir vorbei, ja?“
Seine letzten Worte verstand ich nur noch ganz am Rande, denn meine Pfoten machten sich nun fast selbstständig. Eine vor die andere gesetzt schlängelte ich mich ganz, ganz vorsichtig durch die Gardine und entdeckte auch gleich mein Katzenkörbchen. Es war noch da! Dann erst registrierte ich, dass der Weihnachtsbaum verschwunden war. Und auch der Teppich mitsamt den fiesen Nadeln. Keine Gefahr mehr für meine Pfoten! Ich wurde mutiger und sah mich weiter um. Als ich mich meinem Körbchen näherte, erstarrte ich. Was war denn das? Ein Futternapf! Im Wohnzimmer, wo futtern doch eigentlich für mich verboten war! Überrascht trat ich näher und schnupperte ungläubig daran. Thunfisch, ganz eindeutig! Ich liebe Thunfisch! Und dann entdeckte ich die nächste Überraschung. Mitten in meinem Körbchen lag eine nigelnagelneue Decke! Ganz rosa, wie ich im Mondschein erkennen konnte.

Nun gab es für mich kein Halten mehr! Mit einem Satz sprang ich in mein Katzenkörbchen und kuschelte mich ganz fest in mein Weihnachtsgeschenk. Und dann war es so weit: Genüsslich machte ich mich über den Thunfisch her und passte sorgfältig auf, dass auch ja nichts auf den Fußboden tropfte. Es schmeckte einfach nur herrlich, und ich merkte erst jetzt, wie hungrig ich eigentlich war. Meine Janina! Mein Alexander! Was waren sie doch gut zu mir!
Als ich aufgefuttert hatte, wurde ich mit einem Schlag todmüde. Mein Gott, was war das für ein aufregender Tag gewesen! Ein Heiligabend, wie ich ihn nie vergessen würde. Ich schloss die Augen, und noch bevor ich einschlummern konnte, hörte ich es: Lukas. Damit war es mit der Nachtruhe für Janina und Alexander wohl vorbei. Doch für mich nicht, beschloss ich und blieb einfach liegen. Wenig später hörte ich Alexander durch die Wohnung laufen, Richtung Küche, um das Fläschchen zu holen, vermutete ich. Doch anders als sonst, blieb ich einfach mit geschlossenen Augen liegen. Nein, ich würde mich davon nicht mehr aufregen lassen.
„Sieh mal!“, hörte ich Alexander plötzlich sagen. Ich hatte ihn gar nicht ins Wohnzimmer kommen gehört. Was mit Sicherheit daran lag, dass ich nach diesem Tag komplett erledigt war. Nun hörte ich auch Janina kommen.
„Sie ist wieder da!“, flüsterte er und beugte sich vorsichtig zu mir runter, während ich mich tapfer schlafend stellte. Nein, noch konnte ich ihnen nicht in die Augen sehen, noch schämte ich mich zu sehr für mein Verhalten. Also hielt ich durch, während Janina mich zärtlich kraulte.
„Ich wusste doch, dass unsere Molly zurückkommt!“, flüsterte Janina neben ihm.
Erst, als ich mir ganz sicher war, dass meine beiden Menschen

wieder zu ihrem kleinen Schreihals gegangen waren, traute ich mich, die Augen zu öffnen. Ja, es war ein aufregender Tag gewesen. Und der schönste Weihnachtstag überhaupt. Denn ich hatte endlich erkannt, wie wichtig ein schönes Zuhause ist und dass es eben nicht die selbstverständlichste Sache von der Welt ist! Jetzt wusste ich Bescheid und jetzt, da war ich mir plötzlich ganz sicher, würde alles gut werden!